Aquiles
o El guerrillero y el asesino

Carlos Fuentes

Aquiles

o El guerrillero y el asesino

S

Aquiles o El guerrillero y el asesino

Primera edición: junio de 2016

D. R. © 2016, Herederos de Carlos Fuentes

D. R. © 2016, de la presente edición en castellano para todo el mundo:
Penguin Random House Grupo Editorial, S. A. de C. V.
Blvd. Miguel de Cervantes Saavedra núm. 301, 1er piso,
colonia Granada, delegación Miguel Hidalgo, C. P. 11520,
México, D. F.

D. R. © 2016, Fondo de Cultura Económica
Carretera Picacho-Ajusco 227, colonia Bosques del Pedregal, Tlalpan,
C. P. 14738, México, D. F.

www.megustaleer.com.mx

D. R. © 2016, del prólogo: Julio Ortega

ISBN: 978-607-314-561-9

Impreso en México – *Printed in Mexico*

El papel utilizado para la impresión de este libro ha sido fabricado a partir de madera procedente
de bosques y plantaciones gestionadas con los más altos estándares ambientales, garantizando
una explotación de los recursos sostenible con el medio ambiente y beneficiosa para las personas.

Carlos Fuentes trabajó en el manuscrito de *Aquiles* o *El guerrillero y el asesino* durante los últimos veinte años de su vida. Se documentó exhaustivamente, escribió distintas versiones, reorganizó materiales, corrigió y reescribió partes completas de la obra y seguía haciéndolo cuando le llegó la muerte. No quiso entregar el manuscrito a sus editores mientras el conflicto armado más antiguo de América Latina no llegara a su fin. La publicación de *Aquiles* coincide ahora con la que parece ser la última negociación entre la guerrilla y el gobierno colombiano: la hora de la verdad, el fin de las cuentas pendientes, el comienzo de la paz. Este es el mejor momento para leer la novela póstuma de Carlos Fuentes que Alfaguara y Fondo de Cultura Económica presentan en edición al cuidado de Julio Ortega.

SILVIA LEMUS

Aquiles, entre la crónica y la ficción
Prólogo por Julio Ortega

Conocí a Carlos Fuentes el verano de 1969, en la Ciudad de México, y he compartido con él hasta el final una periódica conversación sobre libros, lecturas y proyectos al azar de los coloquios pero, sobre todo, en sus visitas anuales a la Universidad de Brown, donde lo tuvimos de *professor-at-large* durante casi veinte años. En su tiempo en Yale, Emir Rodríguez Monegal solía decir que él y Haroldo de Campos tenían montado un «circo ambulante» que perfeccionaba su acto en el circuito de los campus universitarios. Carlos Fuentes era, a pesar de las apariencias de cosmopolita feliz, impecablemente profesional. Organizaba sus papeles con esquemas, notas y citas, y prefería escribir sus conferencias para leerlas de pie, con gusto y brío. Sus clases tenían la sobriedad de una lección magistral. Me costó animarlo a contar el proceso de escritura de algunos libros suyos, lo que consideraba meramente «anecdótico». Había explicado, con elocuencia, el origen de *Aura* en un ensayo que escribió en inglés, demostrando que esa novela venía de muchas fuentes (relatos, películas y hasta una ópera), y era inevitable concluir que venía, en efecto, de la literatura. Luego deduje que esa argumentación velaba una trágica relación amorosa. Y es probable que algunas líneas narrativas de su vasta obra resuelvan la experiencia como transfiguración eminentemente literaria.

Otra vez me contó, por fin, el origen de las tres personas narrativas en *La muerte de Artemio Cruz.* Estaba solo en una ciudad nórdica, en un invierno helado, agonizando en la búsqueda de una solución al relato cronológicamente lineal que era el primer borrador de esa novela. Frustrado por el ensayo de varios montajes, decidió darse un baño en el Báltico. Se lanzó a las aguas heladas y la conmoción fue tal que, al salir, tenía la respuesta: la novela sería organizada en las tres personas narrativas. Fuentes, creí entender, resiste revelar el proceso creativo de sus libros porque su laboriosa formulación final los hace independientes del autor. Aun siendo novelas abiertas y diversificadas, y varios de sus temas son recurrentes, no escribió dos novelas iguales: cada libro agotaba una formulación, que se hacía irrepetible; cada novela postulaba su suficiencia, en sí misma desplegada y única. Otras confidencias son, de seguro, más conocidas: el disgusto que se llevó Alfonso Reyes cuando el joven novelista, al que de niño había sentado en sus rodillas, le llevó un ejemplar de su primera novela, *La región más transparente,* y comprobó que ese epíteto rebajaba con crudeza su famosa frase: «México, la región más transparente del aire». Supongo que es igualmente pública la novelización de Octavio Paz que Fuentes hizo, con complicidad irreverente, en esa novela. Sabía, creo yo, que cada novela suya tendría una acogida imprevisible. También, que cada libro tenía sus lectores, casi una tribu independiente. Por eso, le desconcertó que las feministas creyeran que *Diana o La cazadora solitaria* era una novela machista, cuando él sabía que era una humillación del macho mexicano. *Terra Nostra,* que había merecido una broma de Carlos Monsiváis («Se requiere una beca para leerla», dijo), era su novela más querida: «Es la que me ha ganado mejores lectores», decía. Es la novela suya que prefirieron Milan Kundera, Robert Coover, Juan Goytisolo, Julián Ríos, Juan Francisco Ferré...

No menos característico de su lectura es que uno prefiriera unos libros y, más tarde, otros. Estas novelas no se quedaban quietas al volver la última página. Seguían vivas, esperando ejercer su rara actualidad. Quizás sea ése un rasgo de su formulación barroca: nunca acabamos de ver el claroscuro de Velázquez, no vemos del todo el tenebroso del Greco, nos sigue inquietando la luz de Zurbarán. Fue ese teatro de iluminaciones y sombras, de formas interpuestas y canjeadas, lo que hizo preferir a Guy Davenport la lectura de *Una familia lejana.* Esa novela y *Aura* le parecieron a Octavio Paz, soy testigo, las mejores de Fuentes; después coincidí con él en la estima por *Cristóbal Nonato.* Ya Julio Cortázar, en una carta de 1962, le agradecía a Fuentes el envío de *Aura* y *La muerte de Artemio Cruz,* publicadas el mismo año, y manifestaba su asombro por que ambas novelas fuesen del mismo escritor. Pero no sólo cambian estas novelas en nuestra lectura, reha-

ciéndose, libres de su cronología; sino que, y esto
es más inquietante, su fecha de publicación no es
necesariamente la de su escritura. Discutiendo el
tema con Fuentes, logré que me revelara que los
cuentos de *Constancia* son de épocas muy distintas. O sea, están libres de la cronología, y se
deben sólo al presente pleno de nuestra lectura.
Lo cual explica que en otra visita suya le dijera
yo: «Acabo de leer tu último cuento en una revista de Buenos Aires». «¡Pero si es mi primer cuento, lo escribí cuando tenía veinte años!», exclamó,
triunfal. Como crítico, estaba yo obligado a una
interpretación: Fuentes ha escrito de joven su
obra más formal, histórica y madura para poder
escribir, de adulto, su obra más exploratoria, libre
y juvenil. No es casual sino previsible que haya
escrito de niño, como tarea escolar, un capítulo
que le faltaba al *Quijote*. Gracias a estos espejis-
mos, no menos barrocos, con las anticipaciones y
anacronismos de su narrativa, Fuentes fue capaz
de reordenar postbalzacianamente su obra bajo el
rubro de La Edad del Tiempo (paradoja sólo aparente, ya que el tiempo no tiene otra edad que la
que le demos en la lectura). Más audazmente, en
esa lista de sus libros incluyó algunos que aún no
había escrito pero planeaba escribir. El hecho es
que esa Biblioteca Fuentes constituye una bi-
bliografía imaginaria de América Latina. Buscaba, creo yo, documentar las fundaciones de un
tiempo nuevo, el latinoamericano, como la saga
de una modernidad construida por su propia historia del futuro. Por eso creyó que los narradores
latinoamericanos (y no sólo los del Boom, tam-

bién los anteriores y, sin duda, los que vinieron
después) escribían, cada uno, su propio capítulo
de esa saga. Exorcizaban los fantasmas nacionales y forjaban un espacio común. La novela, así,
fue nuestro primer territorio hospitalario, la «tierra nuestra» de la modernidad solidaria. En el
tomo 15, el último de esa biblioteca tan efectiva
como venidera, se consignan tres novelas bajo el
título de Crónicas de Nuestro Tiempo: una es *Diana o La cazadora solitaria,* otra no llegó a escribirla
(Prometeo o el precio de la libertad) y la tercera es
la que tiene en sus manos el lector.

En el archivo de *Aquiles* (que he manejado
para esta edición gracias a Silvia Lemus de Fuentes), en una página fechada en 2003, Fuentes ad-
vierte que estas tres novelas son crónicas porque
«(me) limito al testimonio de sucesos contempo-
ráneos que me han tocado de cerca». Tienen, por
ello, añade, «algo de confesión, algo de periodismo». La primera está dedicada a las «ilusiones y
desilusiones de los 60s». La segunda, a un estudiante de Chiloé que sufrió «tortura y muerte»
cuando el golpe de Pinochet. Y la tercera está dedicada a «mi relación con Colombia», y parte de «un
dramático episodio violento», la historia de Carlos
Pizarro Leongómez (1951-1990), jefe guerrillero
del M-19, quien abandonó las armas, se propuso
como candidato a la presidencia de la república y
fue asesinado por un joven sicario a bordo de un
vuelo de Avianca el 26 de abril de 1990. La Crónica, adelanta Fuentes en su esquema, se propone:

«— privilegiar el elemento temporal de la novela

»— aspirar a derrotar el carácter sucesivo de la narración

»— darle el privilegio simultáneo de la percepción».

«Para seguir —añade— la lección de Virginia Woolf sobre los tiempos que laten en todo corazón humano, así como la idea de Faulkner de que el presente empezó hace diez mil años y el futuro está ocurriendo ahora.»

Menciona a Heisenberg y su principio de indeterminación, para sostener que el tiempo es un elemento del lenguaje usado por el observador que busca describir su entorno. Y concluye: «Tiempo es lenguaje - tiempo es construcción del lenguaje».

Aquiles o El guerrillero y el asesino se postula, así, desde sus primeras menciones como una crónica colombiana y latinoamericana, tan histórica como personal, que a partir del relato de los hechos fidedignos tendrá la función recuperadora de la ficción. La desencadena uno de los más trágicos episodios de la violencia colombiana. Fuentes siguió la desgarradora noticia del asesinato de Carlos Pizarro en los periódicos, y debe haber imaginado muy pronto la necesidad de escribir un testimonio sobre los hechos, pues encargó al servicio de fotocopias de la Biblioteca del Congreso, en Washington, reproducciones de la noticia en los principales diarios norteamericanos, y guardó recortes de otros periódicos colombianos y españoles. Pronto, la documentación, los testimonios de los amigos y las heridas abiertas de Colombia imponían al testigo de su tiempo el relato de los destiempos. Pero la crónica iría a dar a la novela, donde la historia resuelve el luto civil, y donde la lectura busca hacer sentido para que los héroes no abandonen el lenguaje y sigan actualizando sus demandas. La breve y rutilante historia de Carlos Pizarro poseía el brío heroico y la lección trágica de la civilidad no sólo en Colombia sino en cualquier país que agoniza en su urgencia de legitimar el poder. Entre el crimen del narcotráfico, el derroche histórico de unas guerrillas que para negociar la paz deben seguir disparando, y unos grupos ultramontanos, autoritarios y antimodernos, Pizarro buscaba proseguir una guerrilla reivindicadora del campesinado acorralado, y su breve historia, gracias a su liderazgo y carisma, renovó el ánimo político estancado en la polarización. Por lo mismo, cuando Pizarro y otros comandantes acordaron deponer las armas para sumarse a la competencia electoral, Colombia pareció proyectar un futuro democrático sustantivo. Pero si por un lado la urgencia de los hechos le imponía al escritor avanzar con su proyectada crónica, por otro lado la adversaria fragmentación civil, la corrupción del narcotráfico y los grupos delincuenciales armados como policía secreta le imponían al narrador un relato que excedía la crónica y requería de la novela. Los mismos hechos apuraban el texto y lo retardaban. Pocos libros le costaron a Carlos Fuentes tantos años, borradores y recomienzos.

Los años noventa, por lo demás, fueron para Fuentes un período de largas tareas y permanentes compromisos. La serie de filmaciones para *El espejo enterrado,* que fue un programa de la BBC y luego un tomo (1992); la publicación de *Diana o La cazadora solitaria* (1994), que fue su incursión más arriesgada en la abyección y lo perverso, y resultó pobremente leída, lo embarcó en una disputa con un escritor mexicano que lo acusó de plagio. Y aunque fue exonerado de la acusación, gracias a un impecable informe redactado por José Emilio Pacheco, resultó una experiencia amarga para él. No es casual que dejara en paz su biografía amorosa (yo le había advertido que si seguía por esa veta terminaría plagiándose a sí mismo) y, más bien, volviese al repertorio migrante, en *La frontera de cristal* (1995). Estaba Fuentes, en efecto, explorando su vasto territorio narrativo, y no encontraba, a pesar de sus intentos, la forma distintiva que exigía la historia de Carlos Pizarro. Por un lado, estos dos Carlos podrían haber sido parte de la misma familia, tanto por el origen de ambos en lo que entonces se llamaba «la alta burguesía» y hoy, por influencia del inglés, se llama «la clase privilegiada», como por su compromiso con la justicia y el movimiento socialista y reformista. Fuentes se adhirió a todas las revoluciones nacionales sólo para terminar decepcionándose de cada una. Algunos le han criticado con aspereza que no se decepcionara más temprano. Pero era un intelectual público y su apuesta por las revoluciones no fue siquiera política, fue fundamentalmente ética. Como lo fue la opción de Carlos Pizarro por las armas primero y por las urnas, después. Luego de los remordimientos, a la hora de los balances, Fuentes recuperaba el humor y despedía otro capítulo: «Todas las revoluciones fracasan —me dijo—, pero entre tanto producen unos momentos muy padres».

Los varios borradores de esta novela sugieren las diversas rutas que consideró. Quizá la primera fue reconstruir el grupo guerrillero de Pizarro como un núcleo ilustrado, en el que Pizarro es Aquiles gracias a que Ospina es Cástor, Fayad es Pelayo y Bateman es Diomedes. El secuestro de la espada de Bolívar, audaz incursión de la guerrilla, resulta equivalente al robo de la imagen sacra de Atenea. Otro esquema, menos didáctico y más social, busca reconstruir la severa moral de la familia del héroe, donde el padre es casi liberal, la madre tiende a ser conservadora y los hijos estudian con los jesuitas. Pronto, Fuentes consigna información sobre la familia, tal vez habida de testigos cercanos, que luego utilizará en la novela para definir el drama familiar cuando los hijos optan por la guerrilla. Así, los rasgos diferenciales de los hermanos y los demás miembros del núcleo se distinguen novelescamente. Un esquema, quizá también temprano, traza un paralelo siniestro entre los pasos de Aquiles y los de su asesino, ambos camino al aeropuerto. Unas cincuenta páginas de notas que apuró sobre Colombia y la encrucijada en que agoniza demuestran la voluntad de veracidad del autor, tanto como su gusto dramático por los detalles.

Por fin, el 16 de junio de 1994 Carlos Fuentes parece tener en sus manos la huidiza novela (crónica, biografía, ficcionalización...), y con un borrador al frente prepara, aprovechando sus vacaciones en Martha's Vineyard, lo que llama el «2ⁿᵈ Draft». Son treinta y tres folios, redactados en una máquina de escribir (Fuentes nunca utilizó la computadora, escribía con una Olivetti portátil que, al final de cada novela, quedaba destrozada; un día, trabajando en sus archivos, al abrir una puerta del armario encontré un cementerio de Olivettis). La primera página es un posible índice:

1) Introducción. Asesinato de CP. CF y Colombia ¿genealogía de la violencia aquí?
2) **Act 1:** Espada
3) Campamento, Recuerdos —infancias— motivos ruptura... Héroes-revoluciones campesinas. La genealogía de la violencia.
4) **Act 2:** Túnel
5) Guerrilla. Contradicciones —Jefes— El cacique. El amor. Magia campesina versus razón guerrillera.
6) **Act 3:** Cárcel
7) Rehén: El Príncipe. La discusión ideológica. La contradicción. Injusticia colectiva e injusticia individual.
8) **Act 4:** P. J.
9) Combate final
10) Entrega armas
11) Muerte

Cuatro veces, al final de las entradas 3, 5, 7 y 9, como una sombra, es mencionado el sicario. Es interesante la secuencia de actos y escenificaciones. En el octavo capítulo, «P. J.» alude al horrendo episodio de la toma del Palacio de Justicia. Este esquema cubre, más bien, el tiempo de los hechos y en el «2nd Draft» la narración habrá impuesto su propia lógica, más narrativa que cronológica.

A estas alturas de los manuscritos (I y II, transcripciones parciales y muchas notas y recortes de prensa), me doy cuenta de que si bien todas las explicaciones acerca del extenso proceso de escritura son verosímiles, incluso la misma dificultad de representar la tragedia colombiana, verdadero desafío a la inteligencia, resulta notable la nobleza del escritor que batalla con todo su oficio y su memoria cultural para encontrar una formulación que proyecte la novela en el porvenir de la lectura, incluso más allá de la conciencia de derrota y la cuota retórica de «el luto latinoamericano». En una situación paralela, Dante apeló a la teología para darle forma a lo que no tenía forma: el infierno. En efecto, el infierno es tal no porque hace mucho calor sino porque está desarticulado. Esto es, resulta impensable. Pero el sabio guía y la promesa del trayecto convierten el caos en lenguaje. No quiero sugerir que Colombia es más grande que el infierno y que Fuentes no acababa de meterla en un libro. Sino que consideró la apasionada fe en la razón que define a la gran crónica, capaz de ensayar lo excepcional para controlar un mundo feroz y adverso, hecho diálogo con el lector. Naturalmente, la crónica era entonces una forma del periodismo duradero, no del periódico de ayer. Alma Guillermoprieto había sido capaz de hacernos recorrer otro *inferno* hecho texto: la ciudad construida por la basura mexicana. Tomás Eloy Martínez, Carlos Monsiváis y Edgardo Rodríguez Juliá habían hecho otro tanto con la violencia política, la cultura del poder y la música popular. La agudeza intelectual de ese modelo de la crónica (tan lejos del testimonio sentimental que predomina en la crónica actual) podría haber sostenido una lectura veraz de los hechos en torno al conflicto colombiano. No dudo que otros no lo hayan intentado. Javier Cercas, desde la conflictividad perpetua de España, ha explorado las fronteras de una crononovela. Y, entre los nuevos exploradores de mapas interactivos que hacen uso creativo de Google, Jorge Carrión ha hecho el mapa familiar de la subjetividad migratoria. Para Fuentes era la novela el género que podía asumir la historia no sólo en tanto lección verosímil, también como proyección verdadera. Pero no se trataba del género más conveniente para asumir la historia, sino del drama más íntimo de encontrar un registro de habla. Por ello, al final de estos trabajos de recuperación, he llegado a concluir que Fuentes buscó largamente a Pizarro en el lenguaje mismo.

Lo buscó, primero, en su memoria de Colombia, hecha verbo en algunos amigos cercanos y de largo impacto en su vida y obra: Jorge Gaitán, Gabriel García Márquez, Fernando Botero, Laura Restrepo, Belisario Betancur; luego, en su literatura, en su historia, en su política, en sus varios paralelos con México... Lo había buscado en la prensa internacional pero lo encontró más cercano en esas voces vivas, a las que se sumaron las de

20

la familia de Pizarro. En un fax a García Márquez, Esther Morón le ofrece a Fuentes hablarle del Pizarro «que vino después, el que entendió y abrió el camino de la paz en 1989 y 1990, después del desierto que tuvimos que atravesar»; en otra carta, María José Pizarro, la hija menor de Carlos, le cuenta que cuando se anunciaba en los diarios que Fuentes escribía una novela sobre su padre, ella corría a las librerías a preguntar si ya había llegado. No dejaba de tener razón: la escritura misma de la novela era ya una novela sobre cómo escribir una novela honesta y colombiana. En el archivo encontré también un juicioso ensayo de Darío Villamizar H., «Carlos Pizarro, primer paso a la paz», que debe haberle confirmado la bondad intrínseca de su Aquiles.

Hasta que, novelista de raza al fin, Carlos Fuentes encontró a Carlos Pizarro en el lenguaje y pudo sentarse, como narrador, en la misma fila de asientos del último viaje del héroe. Y pudo hacerse testigo de su asesinato, reescribir la historia acompañando a su personaje herido y seguir los pasos (cosa terrible, dijo Vallejo) del niño que sería el asesino. Fuentes había encontrado, quiero decir, el lenguaje fraterno, y desde su sabiduría narrativa, largamente probada, y ahora puesta a prueba por el asombro trágico, gestaba, otra vez, una novela latinoamericana hospitalaria, donde la muerte no fuese un deporte nacional sino una lección de piedad.

Dos veces, en sus visitas a Providence, me habló Fuentes de la novela sobre Pizarro. La primera, fue su preocupación con el tema: le había prometido a Silvia, me confió, que no iría a Colombia sin terminar esa novela. La noticia de que estaba escribiéndola se había anunciado varias veces en la prensa y, después de todo, los asesinos de Pizarro andaban sueltos. Ver a Pizarro regresar a Colombia de la mano de Fuentes podría perturbar el sueño de algunos personajes. La segunda vez fue en torno a un problema técnico. No estaba seguro de dónde ubicar el asesinato de Pizarro, si al comienzo de la novela o al final de la historia. El asesinato era bien conocido, casi familiar, en Colombia y no cabía mantener al lector en suspenso con un desenlace sabido. Le recordé que Gabo había agotado las posibilidades al ubicar el asesinato de Santiago Nasar al comienzo, al medio y al final de su *Crónica de una muerte anunciada*. Después de esa proeza, un novelista quedaba libre de opciones, aunque no de refutaciones y hasta juicios civiles y políticos. Fuentes encontró una variante no menos diestra: hacerse testigo presencial del asesinato, y dejar para el final la muerte del joven sicario, liquidado en pleno vuelo por los guardaespaldas de Pizarro. En su zapato había dejado su lastimero testamento.

En 2004 Fuentes leyó un capítulo introductorio de la novela en el Festival Internacional de Roma, y leyó otro en la Feria Internacional del Libro de Guadalajara, en noviembre de 2007. Al año siguiente, volvió a proponerse un esquema más elaborado, lleno de información histórica. Al mismo tiempo, encargó una transcripción de las setenta páginas, que no llegó a revisar, y evidentemente decidido a terminar la novela, añadió numerosas referencias para incorporar secciones del segundo manuscrito, y hasta escribió a mano ciertas páginas para completar algunas de ellas. Dejó el libro así, sin revisar una última versión, incluso sin encargar una más limpia transcripción. De modo que para organizar el manuscrito final he debido seguir las indicaciones del autor sobre el traslado de secciones del manuscrito 1 al manuscrito 2, así como incorporar al cuerpo del relato algunas notas que dejó. Fuentes había titulado algunos capítulos, siguiendo el primer borrador, pero al recomponer el manuscrito final entendí que esa estrategia, que correspondía a una novela basada en frescos, linajes y personajes, había quedado superada por las revisiones, que numeraban los capítulos. Creí más sobrio seguir este ordenamiento, que relieva la continuidad narrativa del texto cronológico. En un momento dado, entre más dudas que alternativas, me di cuenta del drama textual del manuscrito: sus varias etapas eran sustituidas unas por otras sin acabar de definir un diseño final. Quizá, pensé, la forma quebrantada de la historia sólo podía ser ensamblada como una memoria y cedida como un tributo.

Cuando me tocó editar la novela abandonada de José Donoso *Lagartija sin cola* (se llamaba, en verdad, *La cola de la lagartija,* pero con Alfaguara decidimos cambiar el título para complacer a Luisa Valenzuela, quien tiene un libro, uno de sus mejores, con el mismo título), me encontré con unas páginas sueltas sobre la infancia de los personajes, que no cabían en la novela; lo obvio hubiera sido incluirlas como prólogo, pero decidí convertirlas en epílogo. En el caso de *Aquiles o El guerrillero y el asesino,* en cambio, la situación era mucho más compleja: cada capítulo era prologal y epilogal a la vez. Editando *Rayuela* para Archivos de la Literatura Latinoamericana, con Flor María Rodríguez Arenas, decidimos que los capitulillos que encontramos en el manuscrito y no entraron en la novela los incluiríamos como tales al final de ella. En cambio, al editar con Elena del Río Parra el manuscrito de «El Aleph» de Borges para el Colegio de México, pudimos transcribir en columna paralela todo lo que no llegó a entrar en el cuento o fue enmendado en el proceso (Beatriz y Carlos, por ejemplo, eran hermanos en el manuscrito y solucionaron el incesto al aparecer como primos en el cuento), y consignar, de paso, las muchas variantes y recomienzos. Si el manuscrito de Cortázar postula una *Rayuela* suplementaria, el de Borges sugiere que en la literatura la lectura del mundo es potencialmente ilimitada porque cada lector ve otro mundo.

En el manuscrito de Fuentes, en cambio, vemos el histórico dilema del escritor soportando el peso de su tiempo ardorosamente adverso, al comienzo de las reformulaciones nacionales, cuando la violencia es parte del debate por definir las diferencias y legitimar el poder. Quizá por ello desapareció el manuscrito de *El matadero,* la primera gran denuncia latinoamericana de la violencia del Estado ilegítimo. Su editor, Gutiérrez, nos dice que el cuento no se publicó en vida del dictador porque le hubiera costado la suya a Echeverría. También el manuscrito del *Aquiles* de Fuentes es un documento desfundacional de nuestras repúblicas de legitimidad alarmada: la historia de Pizarro es una parábola extrema de sacrificio y muerte, en la que se pierde la guerra para ganar la paz; y para que las elecciones sean legítimas. Se trata de la paradoja de lo postnacional sin nación. Con una guerrilla envejecida que no tiene hoy otro futuro que negociar no la paz sino la guerra, y con un narcotráfico que podría ser sustituido por una empresa multinacional más implacable aún, la refundación moderna de Colombia, que tuvo en Carlos Pizarro su breve fuego perpetuo, y su novela, que convierte ese sueño en trágico relato, son paralelas: la vida y la novela se alimentan de esa protesta esperanzada, y apuestan por un país imaginado como un territorio organizado por la Ley. Como postula el jurista Hernando Valencia: en un territorio de los Derechos Humanos. Aunque en los esquemas iniciales de la novela aparece un capítulo octavo sobre el trágico episodio de la toma del Palacio de Justicia, pronto el capítulo anunciado desaparece, y en unas notas el autor consigna: «M19 se extingue en pal. de Justicia. CP a Europa. 6 meses. ¿Cómo reconstruir M19? Personaje perdido. Opción: Resucitar cadáver... CP opta por la paz». Pero Fuentes no siguió esa opción, más bien rulfiana, y decidió eludir el drama; probablemente porque el episodio, bien conocido, habría tenido un peso histórico que excedía a los hechos narrados.

Quizá no sea casual, sino parte de la fábrica misma de estos trabajos, que al sumar, interpolar, transcribir y barajar secciones, me encontrara recomponiendo un rompecabezas; pero era un puzle que carecía de una imagen matriz, cuyas partes se supone que arman una figura. Un rompecabezas sin modelo para armar sugiere que Fuentes rehusó que sus capitulillos sumaran una pintura reconocible y nombrable. Después de todo, no llegó a leer, pluma en mano, el manuscrito de este libro. Pero supo, creo yo, que todo lector sería el editor de esa interpolación, más que mera suma, de secuencias; y que armaría, postulando su propio documento, una figura refundadora propia y distinta. Una pregunta por Colombia que incluye al lector ante un espejo restituido. Después de todo, como demostró Gabo, no hay colombiano indocumentado.

Providence, 16 de diciembre de 2015

Aquiles
o El guerrillero
y el asesino

Canta, inmortal, la cólera de Aquiles.

HOMERO

He olvidado mi nombre...

CARLOS PELLICER

En este país, cuatro meses pasan como
cuatro siglos...

Dicho colombiano

1

Hay hombres a los que recuerdas aunque nunca los hayas visto.

Estaba seguro de que yo nunca había puesto los ojos en el hombre joven que se sentó al lado derecho de mi fila de butacas en el avión. Nos separaba el pasillo.

Llamó mi atención, apenas ocupé mi lugar, la confusión inasible provocada por quienes debían permanecer más tranquilos. Noté la dificultad con que disimulaban los movimientos agitados de la manzana de Adán. Y aunque eran hombres altos, de buen perfil, de pelo bien cortado, rizado, desvanecido por un buen peluquero, olían mal, a loción barata. Sus miradas estaban vacías, desprovistas de cariño. Eran autómatas abocados a su profesión. Rodear, proteger, pero sin amor. Eran inconfundibles. Eran guardaespaldas.

Todo lo recuerdo desafocado, como en una fotografía de batalla.

Lo único nítido era la figura del hombre joven protegido por los guardaespaldas que por momentos ocultaban el perfil del hombre joven sentado al lado derecho de mi fila en el avión.

No sé por qué, recordé una frase de Alfredo de Vigny que me acompaña a lo largo de mi vida: «Ama intensamente lo que nunca volverás a ver».

A una mujer se le puede preguntar, aun al precio de hacer el ridículo, «¿Por casualidad, no nos hemos visto antes?». La relación entre hombres no soporta estas coqueterías. Hay que estar seguro. Nos conocimos en tal lugar. Fuimos juntos a la escuela. Jugamos en el mismo equipo.

A este hombre yo nunca lo había visto antes. No tenía pretexto para acercarme a él. Sin embargo, ello no disminuía mi atracción hacia una persona a la que comencé a construir desde adentro, sin más datos que su presencia física. Vigoroso aunque vulnerable, a la vez tierno y amenazante, como si su peligro máximo fuese la necesidad de proteger lo íntimo mediante una coraza de voluntad guerrera.

Así lo imaginé, ubicándolo casi en un corrido mexicano, un vallenato colombiano o, ¿por qué no?, una canción de gesta.

Noté en él, cuando subió al avión, un andar doloroso, prevenido, cauto, que convertía el 727 en parte de una naturaleza arisca, a la que él ascendía como se sube a una montaña hostil o se enfrenta a un águila vengativa.

Por otra parte, mi joven y bello desconocido transformaba el aparato, casi, en un seno materno, acogedor, en el que el hijo pródigo se protege, acurrucado, a salvo finalmente de los peligros del mundo...

¿Dónde lo había visto? Repasé mentalmente fotografías, amistades, películas, noticieros de televisión... Quizás. El problema era que cada una de esas posibilidades expulsaba la fisonomía del hombre sentado a mi derecha, junto a la ventanilla, del otro lado del pasillo.

Lo rodeaban, en la fila precedente a la suya, en la de atrás y en los asientos contiguos, los inconfundibles guardaespaldas a los que ya mencioné y a los que ahora recorrí con atención (no diré que con fascinación). La rigidez armada de los cuerpos. Las abultadas corazas debajo de los trajes negros. Los chalecos metálicos pugnando por asomarse detrás de las corbatas mal anudadas, manchadas de grasa, enviadas demasiadas veces a la tintorería... Hacían gala bruta, inconsciente, de su misterio. No tenían ninguno salvo el de no saberse transparentes. Los pechos de metal estaban a punto de romper el trabajoso botón de la camisa.

Crucé mirada con el hombre joven cuando todos fuimos invitados a tomar nuestros asientos y abrochar los cinturones de seguridad.

No he visto ojos más melancólicos en alguien de mi mismo sexo. Mirada más lejana, amorosa, tierna, risueña, hundida en cuencas tan sombreadas, románticas, como las de un poeta del siglo diecinueve que jamás hubiese pensado en suicidarse, hasta hacerlo. O en vivir hasta viejo, sabiendo que el mar y la tormenta, el duelo y la fiebre no le darían larga vida.

Tenía el pelo ensortijado, abundante y cobrizo, el bigote crespo y tan ancho como la boca grande, sonriente, dada a desmentir la tristeza de la mirada.

Tan llamativo y carnal era su bigote que si lo hubiese dejado crecer más, la boca habría crecido con él.

¿Por qué no usaba casco?, me dije sin razón alguna, sorpresivamente. Se lo pregunté, viéndole sentado allí, rodeado de gente armada, se lo dije en silencio:

«Ponte tu casco pronto, ármate ya, no ves qué indefenso estás, pobrecito de ti, tan guapo, tan joven, tan melancólico, tan desamparado. ¿No tienes padres, hermanos, hijos, mujeres, compañeros que añoren fervientemente tu vida, tu cercanía?»

Sigue, *sigue*. No sé tampoco por qué ese verbo, en forma imperativa, cruzó por mis labios. Debes seguir, quienquiera que seas, como sea que te llames, no te detengas, no me preguntes por qué, pero yo sé que te necesitamos. Todos te necesitamos...

«No te detengas. Sigue.»

Tenía un perfil perfecto y ojos de santo fallido.

La cabeza desnuda, la sonrisa desnuda, las manos que se levantaron un instante para arreglarse el pelo, rascarse el cuello donde la barba pugnaba por renacer.

El rumor del Boeing 727 lleno de pasajeros entre Bogotá y Barranquilla. El despegue. El avión portado ya por su propia fuerza, cursando las olas del otro gran océano que es el cielo, promesa de infinitud, acercamiento de nuestras manos endebles al misterio de lo que nunca empieza y nunca termina, la idea insoportable, aterradora, de un universo sin principio ni fin en el que nosotros, sólo nosotros, somos la excepción a la regla, la mortalidad sabia y prevista, la voz que les dice a la montaña, a las estrellas, a las especies inconscientes de su propia muerte, el perro y la rana, el tiburón y el cóndor:

—Tú no sabes lo que es la muerte...

Volábamos sobre la gran sabana hacia las montañas que son el puño cerrado del país. Quería admirar ese gran tapete de billar que rodea Santafé de Bogotá. Me distrajeron las azafatas que se disponían a ofrecer bebidas. La señal de no fumar y de abrocharse los cinturones se había apagado. Allá lejos, al fondo del pasillo, otra aeromoza se retrasaba en demostrar las medidas de seguridad.

El avión iba lleno. Muchos hombres viajaban con el sombrero puesto, delatando (ostentando, quizás) el orgulloso origen regional. Hombres de Boyacá, sombrero negro, ruana, bigote corto.

Antioqueños de chamarra y sombrero vaquero.

Costeños de sombrero alero.

Monjas. Mujeres con copetes duros, laqueados como un piano de cola, al estilo de la señora Thatcher.

Y una joven señora guapísima, desinteresada en sus hijos que jugueteaban con las bolsas de vómitos y los cartones plásticos descriptivos de las medidas de seguridad del avión. Guapísima mujer como sólo las colombianas lo son a veces, con un relámpago rubio y moreno a la vez, una mezcla perfecta de tonos luminosos y sombríos.

Como el propio hombre que había capturado mi atención, esta bella señora era ojerosa y melancólica, pero con una sonrisa de destellos. Mientras leía la revista de modas y cruzaba las piernas largas, asomando una de ellas más allá del límite permitido del asiento, la pierna alargada sobre el pasillo, el zapato delicado, amoroso como un guante, colgando juguetona, descuidadamente, del hospitalario pie. La pierna bronceada, depilada.

Imaginé que la bella señora podría ser la pareja del hombre buen mozo con ojos soñadores y labios sonrientes que se rascaba el nacimiento de la barba en el cuello en el instante en que las balas le atravesaron la garganta la cabeza las manos, todo lo que traía desnudo fue cruzado por un rayo: quince balas.

Unas dieron en el cuerpo del hombre, otras, en el fuselaje del avión, los sesos se desparramaron, fueron a embarrarse contra la ventanilla, cubriéndola de nubes. Un borbotón de sangre se le vació por el cuello. Las manos eran ríos colorados buscando desesperadamente el gesto final, la despedida, el torneo.

—Ha muerto Aquiles —dije espantado, sin saber por qué, irguiéndome fuera de mi asiento, atrapado por el cinturón de seguridad, la Coca-Cola derramada sobre mi pantalón, la confusión y los gritos ocultándome la escena, mi voz tratando de decir la oración, el responso, el poema:

Ha muerto Aquiles.

Lo hirieron en sus talones, su cabeza, su cuello, sus manos, todo lo que él tenía para mostrarle al mundo para que el mundo lo amara, aunque el mundo lo matara.

Murió la voz que les decía a los demás:

No sólo soy coraza de guerra.

También soy cabeza de paz.

2

Entonces, me dijo en México mi amigo colombiano Jorge Gaitán Durán una de esas tardes de verano y lluvia, cuando el sol de la jornada parece huir para siempre del negro diluvio vespertino, nunca más el sol, nunca más.

Basta una tarde de verano en México para entender el terror del sacrificio humano, la necesidad de saber que el sol va a salir otra vez.

—Entonces, el interés de la oligarquía es que no haya Estado en Colombia, que haya violencia pagada por los pobres en el nombre de dos membretes que dejan de existir apenas se encuentran un conservador y un liberal en el Plaza Athénée de París. Que haya anarquía para que no haya Estado.

Le pregunté, hijo al cabo de Benito Juárez y Lázaro Cárdenas, si de veras no había Estado en Colombia.

—No hay nada en Colombia —me contestó con amargura—. No hay Estado, no hay nación, no hay memoria. Hay rencores vivos. Sólo hay amor y odio.

—Ya es bastante.

Acaso, entonces, no nos dábamos cuenta de que los poderes de la feudalidad agraria y de la partidocracia ilustrada serían sustituidos, como en un enorme espacio verde que no se reconoce como vacío, por la violencia.

Fui a despedirlo al aeropuerto y lo encontré acompañado de su amante, una espléndida brasileña, negra, alta, de carnes duras en las que nada sobraba. Me dije que esa mujer era pura costa visible, era el litoral de un continente, con mucha selva interior.

Tenía plata en los ojos y verlos juntos me dio una gran alegría. Jorge era un hombre pálido, barbado, que perdía la línea y el pelo. Su inteligencia recibía el regalo del placer. Salían juntos a París.

Un mes más tarde, en la Martinica, se estrelló el avión de Air France en que Gaitán Durán regresaba a Colombia; a la violencia. Estaba solo. Su mujer lo esperaba en Río. Gaitán murió decapitado. Alguien, con falsa compasión, me envió la foto. Yo, en cambio, recorté las terribles fotografías de la revista *Mito,* sobre todo la de una vagina femenina cerrada con candado: prevención, crueldad, sospecha... Ahora la cabeza de Gaitán, cortada, estaba liberada de las preocupaciones y miserias de su cuerpo, de sus placeres también, aunque quizá nunca, jamás, de sus anhelos morales, espirituales, como se llamen... Una cabeza cortada pensando en un país incendiado como en su propio cuerpo en llamas.

Lo recordé esa mañana del asesinato de Aquiles, preguntándome si tenía derecho, como mexicano, ligado de todas estas maneras indirectas, lejanas, o guarecidas, amistosamente próximas, a Colombia, a hablar de Colombia, cantar la cólera del Aquiles colombiano, pero también, sin duda, descubrir la pasión de Aquiles, sus amores, razones, dudas. Su itinerario. Más que su destino, me interesaba su itinerario. Más que su ideología, me interesaba su viaje. De la familia a la guerrilla y de la guerrilla a la política y de la política a la muerte. Mi viajero había muerto. Este Aquiles fue, también, Odiseo.

El recuerdo de Jorge Gaitán, la amistad con Álvaro Mutis, con Fernando Botero, con Gabriel García Márquez me dieron permiso de acercarme a Colombia como patria compartida tanto en la literatura como en la política y, sobre todo, en la emoción. Tenía derecho a imaginar. No buscaría un lenguaje registrable, coloquial, exacto, sino el lenguaje de una imaginación compartida, quizá, con otros latinoamericanos. Compartiría como mexicano mi patria latinoamericana con mis personajes colombianos.

No sería mi única licencia. Podrían llamarse en vida Bateman, Ospina, Fayad, Pizarro. Yo los llamaría Héctor, Diomedes, Cástor, Pelayo, como personajes que lo fueron de una *Ilíada* descalza: los compañeros de Aquiles. Los asimila la épica. Los hermana el destino: la muerte. Uno tras otro, cayeron en combate.

Vieron morir a los otros, y también a los suyos. Ahora dicen que duermen sobre las armas, velándolas, sin haber disparado un solo tiro en sus vidas. Pero todos vieron la muerte, todos vieron cómo se usaban las armas, para qué se emplearon. Se sentaron sobre las armas, como si el contacto con los cuerpos les diese a ellos la sabiduría de disparar derecho y a las armas, el calor, la familiaridad, del cuerpo no familiar, ajeno.

Eran cuatro hombres, cuatro cuerpos reunidos como otros tantos Quijotes sin cabreros en la misma velada interminable de las armas y las letras, nuestro repetido drama latinoamericano de no saber cuándo tomar la pluma, cuándo tomar las armas, para qué, para quién. Era una noche de armas y luna, estrellas y grillos. Todos aguzaron el oído, instintivamente. Todo era nuevo, todo era extraño. No necesitaban hablar para admitir que ignoraban todo. Estaban en Santiago sin saber qué era Santiago, región, comarca, provincia, pueblo, naturaleza, gente, cometa. No tuvieron que hablar para decirse:

—No sabemos nada.

Pero Aquiles dijo que lo que menos entendía era de dónde venían los ruidos, qué significaban, quién los hacía. Los ruidos eran nuevos. En las ciudades nunca se escucharon. Les preguntó a los demás:

—¿Cuándo es ruido de animal, cuándo de hombre solo, cuándo de muchos hombres, y los hombres, cuándo están quietos, cuándo marchan?

Todo esto lo desesperaba, porque él había aprendido a oír bien, eso lo sabía, cómo escuchar y entender lo que oía.

Dice Aquiles que su casa familiar tenía una particularidad: todo lo que se decía en un cuarto se escuchaba en todos los demás. Eran cinco hermanos, cuatro hombres y una mujer, y cada uno, al llegar a la edad de razón, escuchó ésta de parte de los demás:

—Ten cuidado con lo que dices. Se oye en todas partes.

Casi siempre vivían solos con su madre y ella, como era maestra y liberal, no rezaba y de su recámara no llegaba ruido alguno. Era el aposento del silencio. Todos esperaban que el padre, militar de carrera, regresara un día y entonces llegaran voces, rumores, el ruido inconscientemente anhelado del amor, desde la recámara paterna.

A veces el padre regresaba, de una campaña en la sierra o la costa, de una agregaduría militar en el extranjero. Entonces lo que escuchaban era la voz de la autoridad moral. Él era conservador, pero se negaba a expulsar a los oficiales liberales cuando se lo pedía un gobierno también conservador. Ponía de por medio su renuncia. Cuántas veces no lo había hecho. Siempre le pedían que no se retractase, que sólo retirase la renuncia. Se daban cuenta de que contar con un oficial recto, moralista, cubría muchos pecados de deshonestidad.

La madre, durante las prolongadas ausencias del padre, enseñaba en los barrios populares y también era activista cristiana. Asistía a las familias pobres pero nunca hablaba de sus experiencias. Regresaba de las barriadas con una tristeza muda. Pero a sus hijos los educaba, era mejor que las escuelas, decía. Desde niños ella los educaba, les enseñaba a leer y a escribir. Tenía un tono dulce, extranjero, de otro país sudamericano, era distinta, sus ojos negros tenían el poder de estar allí y en otra parte, como si dialogaran dos miradas de la misma mujer, como si los ojos se amaran el uno al otro y por eso nunca se oyese la voz desde la recámara...

¿Bastaba un oficial decente para disculpar a todos los demás? Quizá. Él fue a la escuela de entrenamiento antiguerrillero de oficiales latinoamericanos en los Estados Unidos, pero se negó a recibir viáticos del gobierno de Washington. Pensó que la instrucción podía ser útil. No estaba de más. Aunque no compartiera las razones de la instrucción, era la defensa de Colombia, del Hemisferio, de la Civilización Occidental, contra la bestia comunista.

—La bestia la tenemos acá adentro, desde hace quinientos años —decía el padre.

Siempre le contestaban lo mismo, asombrándose y asombrándolo: siempre habrá comunismo, el mundo sin comunismo es inconcebible.

—El mundo sin enemigo, querrá usted decir, almirante. Lo que usted no concibe es un mundo sin enemigos.

—Si eso le provoca, está bien. Siempre habrá guerrillas, traficantes, sicarios...

—Y siempre habrá pobreza, trabajo mal remunerado, mujeres que abortan a escondidas y se mueren...

Sabía que no los iba ni lo iban a convencer. Se refugiaba en una lectura extraña pero profunda, la del padre Teilhard de Chardin, y entonces el silencio volvía a reinar en el cuartel o en la casa.

No los mandó a la escuela; no había dinero para los colegios ricos y a la madre le lastimaba. En carta lamentaba que cinco niños decentes asistieran a la escuela popular. Bastante pobreza le tocaba a ella ver, enseñándoles a los pobres. ¿Para qué enseñarles a sus hijos en un aula sin luz lo que podía enseñarles en la casa donde todo se escuchaba, casa lección, casa escuela?

¿De qué les iba a hablar sino de la pobreza, la violencia del país, la muerte súbita de la gente, los entierros inesperados, las largas filas de mujeres enlutadas que eran como las venas negras de una piedad oscura, circulando por todo el país? Pero ella hablaba con nostalgia, como si hubiese otro reino que había existido antes, otra vida mejor, sin muertes a todas horas...

—Eso no es así. Algún día puede ser, mamá, pero nunca fue —dijo Aquiles.

Ella no desaprobó la primera rebeldía del niño. Los oía hablar encerrada en su recámara, recogiendo las voces y rumores de la casa sin secretos. Oyó cómo cada uno le iba contando al siguiente quiénes eran ellos, cómo se llamaban, qué pensaban de la madre buena, bella, por momentos presente, educando, liberando, por momentos ausente, en otra parte, en un país de la imaginación o la memoria al que ella, tan cariñosa, tan educadora, no les dejaba sin embargo entrar... Empezaron a creer que de esa manera la madre los invitaba a imaginar sus propios países, sus comarcas inventadas o deseables como si supiera que cada niño tiene dos países: el de su vida diaria y el de su imaginación.

En la casa donde todo lo que se decía en un cuarto era escuchado en todos los demás, los hermanos decidieron dos cosas tempranamente. La primera, que todo sería de todos. El secreto no era posible. Más valía no guardarse nada, decírselo todo y dárselo todo. Todo para todos; mejor que los mosqueteros. La ropa heredada de hermano en hermano. La solidaridad cómica de andar pidiendo tallas medias para que todos usaran la ropa que siempre, de todos modos, les quedaba demasiado larga a unos, demasiado corta a otros. Sólo la niña, la hermana, podría irse enredando en chales, cortinas, drapeados disímiles e inverosímiles, sacados de los armarios más olvidados, de los recovecos más secretos, como si las generaciones hubiesen ido dejando, en un juego secular de tesoros escondidos, estas tafetas, estos organdíes, estos tules, especialmente para la primera comunión, para la fiesta escolar, para el baile de quinceaños... ¿Ocurrieron, no sucedieron nunca estos festejos? Ahora es imposible saberlo. Todo lo que pasó después fue demasiado fuerte, alejó para siempre la menuda historia familiar, lo difuminó, dejó sólo los islotes salientes, como en un archipiélago, como cimas del recuerdo que sobrevivieron a un vasto oleaje, a un derrumbe catastrófico como esos que consumen pueblos enteros de las montañas: un país de marejadas internas en las que el lodo lo sepulta todo y las niñas idénticas a la hermanita de la familia quedan atrapadas entre dos vigas que les dividen el cuerpo, las capturan entre la vida y la muerte, hasta que una sola gana...

Ella se movía sin cesar entre la imaginación y la realidad. Hablaba de lugares encantados, espacios de fábula. Repetía los cuentos de hadas más célebres, pero enseguida hablaba de llenar esas comarcas fantásticas de escuelas. ¿Cuántas escuelas habría en el reino de la Cenicienta y su príncipe, cuántos caminos harían falta en los bosques perdidos de la Caperucita Roja, quiénes eran capaces de decirle al emperador del cuento de Hans Christian Andersen: «¿Andas desnudo?»? Éste era el cuento más inquietante: en todos los demás, las apariencias eran siempre ciertas por más fantásticas que fuesen. La luz de Cenicienta brillaba a pesar del hollín, el lobo disfrazado de abuelita no lograba engañar a Caperucita, el príncipe encantado siempre revelaba la verdad. El narrador asumía la narración, se hacía responsable de ella, al que escuchaba le dejaba sólo el encanto de oír.

Únicamente la historia del emperador desvestido colocaba una pesada piedra entre las manos del destinatario del cuento. Cada uno se volvía como esos hombres y mujeres que no se atrevían a revelar su desnudez al emperador. ¿Qué habría pasado si lo hacen? ¿Lo castigan a él o se castigan a sí mismos? ¿Pagan la verdad con la gratitud del emperador o con la orden del poder imperial: mátenlos? ¿Era esta orden final el imaginario del imaginario poder? Mátenlos. Que no haya nadie. Me quedo solo, encuerado y contento.

Se reían juntos cuando el hermano mayor llegaba a esta conclusión.

¿Tuvimos infancia? Ellos dicen que sí, lo dicen todos a una, recuerdan bien las voces que se escuchaban de cuarto en cuarto, como una ronda maravillosa, interminable, un rosario alegre de canciones, bromas, mensajes, recitaciones, memorizaciones (fechas, batallas, presidentes: el Partido Liberal fue fundado en 1848 por Ezequiel Rojas y el Partido Conservador en 1849 por Mariano Ospina y José Eusebio Caro y el liberal Tomás Cipriano de Mosquera expropió en 1861 a la Iglesia y las disputas por compensaciones iniciaron años y más años de hostilidad partidista que aún no termina no termina no termina): jamás, fue el eco de la madre imitando las voces de los niños, los niños imitando la voz de la madre, como si la historia sólo pudieran contarla en secreto, enmascarada, sabiendo que todo se escuchaba de cuarto en cuarto, que hablar de la historia era hablar de la violencia, memorizarla como las tablas de multiplicar, cada muerto igual a una venganza. Por cada venganza nacen dos más; cada dos muertos igual a cuatro, cuatro y cuatro ocho, ocho y dos son diez, diez y dos son doce y cuatro dieciséis: cantaban los hermanos, cantaba la hermanita, tengo una muñeca vestida de azul, con una aritmética de la historia que violaba la métrica de la rima, y por ser la única niña de la casa y tener su muñeca vestida de azul, acurrucada, besada, a veces escondida bajo la falda, preñada, amamantada con biberones de juguete, él pensó largo rato que las mujeres se preñan solas, que la madre puede gestar a sus hijos a base de pura voluntad, que el padre es innecesario. Sobra el padre ausente; la madre presente es real, es fuerte, es capaz de concebir por sí misma y gracias a todo esto puede ser infinitamente buena, inmensamente generosa, querer a todos los hijos por igual, darles a todos lo mismo, no separarlos nunca... La mamá tenía horror de la envidia, que mata al envidioso y engorda al envidiado.

Aquiles no sabía si pensaba o decía esto, si lo escuchaban sus compañeros en la noche de la fogata o si se hablaba a sí mismo, pero al recordar a su madre le invadía a la vez una serenidad perpleja y un dolor apaciguante, como si la vida fuese un largo itinerario de dolor en dolor y lo único importante fuese el analgésico, el respiro entre pesar y pesar y eso era la madre, el respiro feliz. El niño se hundía entonces en la tierra, trataba de hacerse una cuna, un vientre, una cueva dormido en la tierra de la montaña, haciendo un hoyo, perdido en la selva para siempre, confundiéndola con su recuerdo, su madre, sus hermanos, hasta ver a su compañero Pelayo, que también se hundía de noche en la tierra del campamento, pero con un efecto sorprendente que le faltaba a Aquiles. Pelayo se movía tanto, o de tal manera, que amoldaba la tierra de su reposo, la ablandaba hasta convertirla en lodo, y Aquiles no sabía si era mejor dormir sobre una tierra dura y pura como la que le tocó a él, o sobre un fango húmedo, cascuerpo. ¿Por qué él dejaba intacta la piedra y su compañero Pelayo se transformaba en fango?

3

Si no otra cosa, yo había sido testigo del asesinato. Su muerte me arrebató para siempre la posibilidad de hablar con él. No hubo tiempo de escuchar su voz, ni siquiera su grito agónico; los quince disparos de la mini-Ingram lo acallaron todo, hasta los motores del avión. Y la gritería, la confusión...

¿Tenía derecho a contestarle, entonces, escribiendo una novela, una historia que podría ser la suya, pero que lo sería menos por la veracidad biográfica que por la emoción de los hechos narrados, por la invención simbólica a la que su vida y su muerte daban lugar en mi ánimo, por la imaginación que la distancia misma de las personas y los hechos me otorgaba?

Tenía amigos colombianos y Colombia era para mí un poco lo que México era para ellos, un país propio y extraño a la vez, como lo son todos los países latinoamericanos entre sí. ¿Será cierto que sólo nos parecemos en lo bueno —la cultura, la lengua, la simpatía, el abrazo, la identificación misma— pero no en lo malo: cada país con su propio lote de problemas, Chile azorado de que la democracia más firme pudo caer en la dictadura más salvaje, Argentina azorada de que la sociedad más rica y más educada pudo engendrar los peores monstruos militaristas y el asombro de la miseria de basurero, Uruguay azorado de que en la Suiza de América la tortura haya reinado sentada sobre un potro y dos cátodos eléctricos, Brasil azorado de que el país crezca de noche mientras los brasileños duermen, el Perú nunca azorado porque siempre estuvo jodido, Venezuela azorada de que las rentas se acaben y haya que ponerse a trabajar mientras Bolivia azorada de que tantas desgracias no la hundan jamás, Paraguay azorado de que aún haya hombres vivos en su suelo después de tanta sangría, Ecuador azorado de que en el cielo haya un hoyito para ver Quito, Panamá azorado de que le puedan cortar en dos el corazón y seguir vivo, México azorado de que se acabe la paz social y el progreso de la revolución institucional, Cuba azorada de que el caimán se muerda la cola, Centroamérica nomás azorada de ser, palpándose los ojos, los pechos, los güevos, la delgada cintura del dolor...?

¿O será que sólo nos parecemos en lo malo y nos distinguimos, cada uno, por lo bueno? ¿Salvan García Márquez a Colombia, Cortázar y Borges y Gardel a la Argentina, Jorge Amado y Nélida Piñon a Brasil? ¿Son sus artistas lo mejor de América Latina? ¿O lo son todas las gentes sin nombre, los hombres hechos «de piedra y de atmósfera», «la raza mineral»?

Lo único que se puede uno preguntar es ¿por qué nuestros artistas han sido tan imaginativos y nuestros políticos tan poco imaginativos?

Entre todos ellos, a caballo entre el artista y el político, y como puente entre el pueblo creativo y la creatividad artística, está el guerrero mortal, el joven caudillo que debe morir joven para no corromperse viejo, la promesa que debe serlo siempre, la figura de la colectividad individual, de Emiliano Zapata al comandante Marcos en México, Mariano Moreno en Argentina, José Miguel Carrera en Chile y ahora, Carlos Pizarro, mi Aquiles cierto e imaginario a la vez: el guerrero asesinado a los treinta y ocho años.

Yo sólo había estado en Colombia de niño, cuando mi padre diplomático fue trasladado de los Estados Unidos a Chile y toda la familia se embarcó en el vapor *Santa Elena* de la Grace Line, que hacía diecinueve largos días de viaje entre Nueva York y Valparaíso. De mi paso fugaz me quedan dos nombres de puertos, Barranquilla y Buenaventura, dos mares, fachadas blancas del Caribe mordidas por la sal y negras caderonas del Pacífico, bamboleándose por los mercados y los muelles con las cabezas cubiertas por pañoletas, convirtiendo las frutas de sus canastas en joyas y la esmeralda, el oro, la plata, en jugosidades derramadas entre sus grandes tetas.

Mis amigos colombianos en México habían sido Laura Casabianca, una muchacha muy linda y vivaz a la que encontraba en los bailes y fiestas sociales de mi juventud, reinando en ellos con su gracia y su entusiasmo, y más tarde Álvaro Mutis, que en una sola noche en mi casa conoció a todos los mexicanos que de allí en adelante serían sus amigos y admiradores; y claro, Gabriel García Márquez, con quien instantáneamente me ligó una amistad por fortuna interminable. Mutis me presentó a Fernando Botero, un joven artista de Medellín lleno de entusiasmo que se veía como «inspirado por los dioses». Pero todos ellos —Laura, Álvaro, Fernando, Gabriel—, por un acto de simpatía, sin duda, que no de mimetismo, se convirtieron enseguida en mexicanos, parte de México, nunca señalados por nosotros como extranjeros. Acaso no supimos distinguir en este hecho y en estos colombianos una voluntad dolorosa de amparo, como si el México de los cincuenta, ruizcortinista y lopezmateísta, fuese un refugio plácido, una admirable utopía latinoamericana para los colombianos que llegaron de las tiranías de Laureano Gómez y de Gustavo Rojas Pinilla. Pero hablar de tiranías personales era superficial; la verdadera tiranía de Colombia, todos lo sabíamos, se llamaba la Violencia, una emperatriz con velos negros y guantes ensangrentados, pies de arcilla y pecho de plomo, con el vientre estéril, la vagina supurante y las ubres pródigas, amamantando a sus hijos con una leche envenenada, que segaba una vida en cuestión de horas y a veces en asunto de siglos...

Arriba de mí, en el condominio que yo habitaba en 1958 frente al Bosque de Chapultepec, vivía una pareja de colombianos encantadores, Alfonso López Michelsen y su esposa, Cecilia Caballero. Es difícil imaginar a dos personas más inteligentes, estimables, discretamente elegantes, guapas, casi perfectas en su dimensión moral, humana, intelectual... ¿Representaban realmente a Colombia? Miraba una vieja foto color sepia de mi padre en Bogotá, en 1938, junto al entonces presidente Alfonso López Pumarejo, padre de mi vecino. Los dos vestían, en pleno mediodía, de frac. Era la imagen propalada de Bogotá. Atenas de América, ciudad de poetas políticos y políticos poetas, capital elegante, conocedora de las mejores costumbres europeas, Bogotá de la civilización: el frac al mediodía, el paraguas a toda hora, la aristocracia anglófila, los caballeros con el bigote imperial del Raj británico, los mostachos peinados hacia arriba, entrecanos, rubios como las miradas y, si éstas eran oscuras, acentuada vestimenta londinense, chaquetas de *herringbone*, trajes de *hound's tooth,* sombreros *homburg* comprados en Lock de St. James's Street, el inevitable nudo de corbata Windsor...: podían llamarse Santiago Salazar o Hernando Manrique, hombres cultos y atractivos.

Y todo esto, acompañado, en tiempos de López Pumarejo, por políticas de desarrollo social, por la creación de instituciones serias y la voluntad de darle a Colombia un Estado en vez de un batidillo de usurpadores, caudilletes locales, republiquetas separatistas, señoríos de horca y cuchillo, ley de la selva, Vorágine...

Contra la Vorágine que se lo deglute todo, frente a la humanidad devorada por la selva, Bogotá, López Pumarejo eran la promesa de nación, de Estado, serios, viables.

Abiertos a los dos mares, somos países de montaña, aislados, condicionados —¿enamorados?— de nuestra reclusión. Cuba es cultura de mar; Colombia y México somos culturas de claustro, conventuales y convencionales, a pesar de las excepciones. Pero ¿no son siempre más interesantes las excepciones que las reglas?

53

La otra imagen de Colombia se la debo a un quinto amigo, el escritor Jorge Gaitán Durán. Yo editaba en México la *Revista Mexicana de Literatura;* él, en Colombia, la revista *Mito* y, en La Habana, Lezama Lima y Cintio Vitier la revista *Orígenes.* Las tres publicaciones se parecían en un propósito: superar el localismo literario, las fanfarrias nacionalistas, los dogmas patrióticos que convertían la literatura en algo semejante a un discurso del Día de la Independencia (y, a veces, del Día de las Madres). Supimos, en los años cincuenta, algo que Alfonso Reyes venía diciendo desde los años treinta, y por ello era atacado por las falanges folclóricas: «La literatura mexicana será buena porque es literatura, no porque es mexicana». No porque es cubana o colombiana. «El que lee a Proust se prostituye», proclamaba aquí un nacionalista mexicano; «¿Hay que quemar a Kafka?», se preguntaba allá un nacionalista colombiano.

Cuba, isla que siempre me pareció más bien parte, si no del continente europeo, sí de un irresuelto conflicto trasatlántico, se planteaba menos el problema.

Las islas, valga la tautología, son insulares y crean su universo propio, dulce y feroz como Cuba, Japón, Inglaterra, Irlanda: islas cuya dimensión es un grado de generosa entrega o de solitario aislamiento. ¿No es tan cubano —o más cubano— un estricto poema de Cintio Vitier que una línea barroca de Lezama Lima; no es la abundancia tropical de Pellicer tan mexicana como la nostalgia nocturna de Villaurrutia; no es, en fin, tan colombiano el relajo costero del barranquillero como la autoridad silábica del cachaco?

La negritud cubana es un latido oscuro, un secreto, una ceremonia de pecado y reparación, a la vez que de salud y de éxtasis mortal, que bien puede coexistir (lo que es complemento indispensable) con la larga trayectoria occidental cubana, de Heredia a Carpentier, ambos prácticamente franceses. El criollo cubano tiene un fantasma corpóreo, la cultura negra, y un cuerpo fantasmal ideológico, el del occidente colonial.

En cambio, los mexicanos y los colombianos no teníamos ese pacto de cultura con nuestros componentes adversos. En México se consagraba el mundo indígena, pero sólo a condición de que estuviese muerto o encerrado en los museos. Cuauhtémoc, el último emperador azteca, tenía su estatua en el paseo de la Reforma; el conquistador Hernán Cortés era execrado; ni a placa llegaba. Pero hablábamos y escribíamos en español, no en náhuatl, y a los indios vivos los tratábamos peor que un conquistador español. Amar en abstracto a la indianidad, despreciarla en concreto: ésta es la cruz del racismo criollo y mestizo mexicano. En el pecado llevamos la penitencia. Convertimos a los indios en obstáculo para una modernidad que sin embargo sólo se justifica exhibiendo su antigüedad en exposiciones trashumantes por los Estados Unidos y Europa. Mostramos a la Coatlicue con orgullo; escondemos a la madre Otomí con vergüenza. Pero sacrificamos la modernidad real que los indios guardan celosamente, en su nombre propio, y acaso también en el nuestro. Sólo puede haber modernidad incluyente, no excluyente. ¿Lo entenderemos algún día?

Aprendí en la tierra del huichol, en las altísimas mesas del río Santiago, que el mundo perece sólo para renacer y que sólo la palabra le da nueva vida. Voz, nombre.

En los ríos pedregosos de El Nayar supe que el sacrificio nos regresa al origen del mundo y nos permite renovar la historia: me lo dijeron los cuerpos pintados de colores vegetales, las iglesias abandonadas porque las habitaba el diablo, las cruces portadas para merecer el grano de maíz.

En las sierras brumosas del tarahumara recibí la educación de la muerte: todos descendemos de nuestros muertos, ellos son la condición de la continuidad de la vida, al morir no perdemos el futuro: perdemos el pasado.

Y en las aldeas pluviosas del Chamula vi los actos de gobierno propio, las elecciones anuales de gobernadores, la confianza depositada en el vecino conocido, responsable, para ejercer el gobierno, y me pregunté qué falta hacía el PRI en Chiapas, si no era para reírse amargamente de la democracia local de los indios, impedir que su ejemplo moderno cundiera, condenados a la premodernidad para explotarlos mejor. Voz, nombre.

Todo esto para decir en nuestros libros que el nacionalismo literario era una máscara, un chantaje que nos decía: «Los escritores sólo serán buenos mexicanos si legitiman a la nación y la nación es su poder y su poder somos nosotros, el gobierno y las corporaciones». Pero una nación no es su poder, sino su cultura. Así de simple.

Somos todo lo que somos y eso incluye cuanto hemos sido y queremos ser, del poema lírico azteca al poema caligrama de Apollinaire.

Nada debe quedar fuera.

Nada deberá ser olvidado.

Jorge Gaitán Durán, con la revista *Mito* en Bogotá, hacía algo comparable, decir que la nación es su cultura, hecha por todos, y no su poder, ejercido para unos cuantos. Mutis, García Márquez, Charry Lara, nuestros amigos, aparecían en sus páginas, pero también el marqués de Sade y Ezra Pound.

La diferencia con México es que si nuestra revista podía trascender el nacionalismo demostrando que la nación mexicana era más que sus efemérides porque era una continuidad cultural inclusiva y que sólo se traicionaba a sí misma excluyendo, en Colombia esta síntesis resultaba imposible porque otra realidad se imponía tanto a la literatura como al poder y sus instituciones. Del marqués de Sade se iba directamente a la verdadera realidad colombiana, la cónyuge salvaje del marqués, la meretriz llamada Violencia.

La Violencia comenzó a ocupar todos los espacios de la revista *Mito*. Los documentos, los ensayos, las fotografías atroces. Los críticos de Gaitán lo acusaron de desprestigiar a Colombia, de minar su imagen de país civilizado, cuasibritánico, seudoateniense... En vano se alegaría que los críticos del crítico sabían perfectamente que éste tenía razón, que la Violencia era la novia envenenada de Colombia, su vampiro de lodo. En vano, porque la doble oligarquía colombiana, dos personas distintas, liberal y conservadora, y un solo Dios verdadero, el Poder, no quería que acabara la Violencia. Quería que continuara, pero que no los tocara a ellos.

Gaitán Durán me lo dijo una noche en México:

—Sólo mueren los liberales y conservadores si son pobres, si son campesinos. La guerra se da en el campo. Los liberales y conservadores de las ciudades van a los mismos clubes, a las mismas bodas, se dan cita en el Plaza Athénée de París. El chiste dice que su única diferencia es que los liberales van a misa de siete y los conservadores, a misa de ocho. La vaina es más seria. La oligarquía es dueña de la tierra. Colombia es muchos países. Es difícil comunicarlos entre sí. Somos un archipiélago.

—Bueno, ahora haces en avión en una hora lo que antes tomaba siete días...

—Precisamente. Los poderes locales se asentaban sobre el aislamiento —continuó Gaitán—. Si se acaba el aislamiento, se crea un Estado nacional y se acaban los poderes locales de los terratenientes.

4

Sólo cuando los liberales mataron a su padre se dedicó Cástor, en serio, a conocer la historia de su tierra y de su gente: ¿por qué era así, por qué tenían que suceder estas cosas? Pidió que lo dejaran repartir la leche entre los pueblecitos de la región y fue preguntando aquí y allá, juntando los pedazos del rompecabezas, que empezaba con un enigma y terminaba con una certeza: han matado a mi padre, mi padre ha muerto...

En su pueblo le dijo un estudiante que él ya se iba para Bogotá, aquí no había nada que hacer, si las cosas no habían cambiado desde Cristóbal Colón, ¿por qué iban a cambiar ahora, o durante nuestras vidas? El país es pura frontera, le dijo a Cástor el estudiante, pero una frontera sin reposo, eternamente móvil. Otros países logran domesticar sus fronteras, hacerlas vivibles. O por lo menos envidiables (aunque esto cause guerras, hermano). Aquí, si te vas a lo más lejos que recuerdan nuestros abuelos, porque los abuelos de ellos lo recordaron y los tatarabuelos de nuestros bisabuelos también, es que este país nuestro, tan rico, tan variado, Castorcito, lleno de indios en el sur, bananeros en el norte, colonos en el oriente y negros en el occidente, este país nuestro tan inagotable, su mar caliente y húmedo, su sabana fresca alta y verde, sus llanos y selvas y montañas, se nos está yendo al carajo desde hace medio siglo porque no sabemos resolver un solo problema, paisa, uno solito: de quién son las tierras, de los campesinos que las reclaman o de los terratenientes que se las robaron...

Yo ya no me acuerdo de lo que pasó ayer, le dijo un viejo sentado frente a una máquina de coser Singer afuera de su casa olorosa a percal y frutas secas, pero recuerdo muy bien lo que pasó hace mil años. Será porque me paso el día cosiendo y pensando, o mejor dicho, haciendo un trabajo que ya ni las mujeres quieren hacer, por irse a la ciudad a ganar dinero, pero que en todo caso nadie hace mejor que yo. Dicen que el rey de España nos trataba mejor que nuestros propios presidentes. Nuestra familia nos trata peor que los godos. Antes había tierras protegidas para nosotros. Eran los resguardos. Luego se volvieron tierras públicas y poco a poco se las fueron entregando a muy pocos terratenientes. Le pasó a mi padre y le pasó a mi abuelo, y al padre de mi abuelo y a los abuelos de todos, hasta la primera generación después del Libertador Simón Bolívar, que dicen un día va a regresar a Santa Marta en tranvía, para desmentir el vallenato que lo declaró difunto.

Les pasó a todos, niño. Los campesinos que dijeron no dejo la tierra, no la vendo, es mía, pronto se dieron cuenta de su error. Los terratenientes nos destruyeron las cosechas y la noche se llenó de hambre ardiente y los días se llenaron de moscas hartas de nuestras verduras podridas. Organizaron grupos de vigilantes para tenernos quietos y aceptar, Castorcito, aceptar sin decir palabra: quietos y muertos, o alborotados y muertos también. Por eso me ves aquí, sentado frente a esta máquina Singer que dicen quiere decir «cantante». Como no sé tocar ni el piano ni el cuatro, me hago a la idea de que soy un hombre orquesta, mijito, y me gano la vida cosiendo como quien toca un valsecito secreto. La letra, muchacho, es de pura pena. Olvídala.

Cástor fue viendo cómo murieron unos, se fueron otros y la tierra y los pueblos que habían sido los mismos durante generaciones ya nunca volvieron a ser iguales. Lo que llenaba de asombro y de espanto a Cástor desde jovencito es que esto que le contaban y esto que él veía, lo que les pasó a los muertos y lo que les sucedía a los vivos, era siempre igual. Muchos se resignaban. Él no. Él empezó a rebelarse. A mí no me va a pasar esto, se dijo, le dijo a su familia, a mí me va a suceder algo distinto, peor o mejor, pero no la resignación, no lo mismo. Con mil carajos, lo de siempre ya no.

Para Cástor, el día de la violencia impune fue el día que mataron a su padre.

—Avísele a su mamá que me mataron y que no se deje robar las mulas.

Allí mismo se dio cuenta de la violencia que suponía moverse sólo para morirse y no poderse estar quieto en un lugar porque también eso significaba exponerse a la muerte: a qué hora, Dios mío, a qué hora me cae la maldición encima, quién es el siguiente muerto de la familia, hasta cuándo tenemos esta casa, esta tierra que nosotros también les quitamos a nuestros rivales ayer cuando nuestro partido ascendió y el de ellos declinó y la tierra acabó en manos de alguien más fuerte que nosotros o nuestros rivales, un latifundista cuyo partido no importaba, se llamara liberal o conservador...

Creció Cástor viendo cómo todo se movía, en una especie de sismo invisible e intocable. Todo se movía pero nada cambiaba. Los campesinos liberales eran despojados por los campesinos conservadores y éstos por aquéllos. La tierra cambiaba de manos, pero sólo para acrecentar la injusticia y, a veces, la riqueza de muy pocos. Lo que parecía finalmente roca acababa de nuevo en arena y había que recomenzar. Creció buscando las caras que había conocido al nacer y que ya no estaban allí a sus cinco, a sus diez, a sus quince años: se murieron, los mataron, se fueron. Cástor tenía siempre un solo año de edad o un siglo entero. Daba igual.

—Aquí todas las muertes son prematuras —dijo antes de morirse, de puro vieja y dotada de súbita ciencia infusa, la abuelita que puteaba a los liberales.

Un millón de personas han emigrado en nuestras vidas, le decía el estudiante a punto de irse a la ciudad, yo me voy a salvar, los campesinos se vuelven bandidos pero pueden volverse guerrillas también, ¿qué vamos a ser tú y yo, Castorcito? Mira cómo va creciendo nuestra generación, convertida en una marea de adolescentes vengadores, descendientes del terror, paridos en casas quemadas, hijos de familias asesinadas, ándale, Castorcito, ve escogiendo tu nombre de hampón, los hay muy bonitos, en este país imaginación nos sobra, en eso somos ricos, aunque nos esté llevando la puta madre. ¿Qué vas a hacer aquí? En dos años podemos matar a un cuarto de millón de colombianos para que no se acabe una violencia que ya se nos volvió sinónimo y hasta síntoma de la vida misma, sin ella nos sentiríamos muertos (cuántas casas incendiadas, cuántas familias asesinadas hay detrás de cada ciudadano de este país, Cástor, ¿tú lo sabes, tú sabes contar, pendejito?), llámate

«Chispas»

«Venganza»

«Desquite»

«Sangrenegra»

y eso sí, ponte un «Capitán» por delante, para que te respeten.

—Cástor, mi padre mató al tuyo.

—Lo sé.

—¿Desde cuándo?

—Desde siempre.

—¿Y me has seguido hablando todos estos años?

—Nunca repito tu nombre. Es mi único rencor.

—¿Por qué?

—No quiero que esto siga.

—Esto tiene que cambiar, tienes razón. No te vayas a llamar «Capitán Venganza» la próxima vez que nos veamos. O algo así. Cástor, ojalá que tú y yo inventemos eso que nos encanta presumir a los colombianos. No, no digas la palabra. Ojalá.

5

Los une la violencia. Los une la historia. La
historia del país es su violencia compartida. Una
gran periodista colombiana, Patricia Lara, les
preguntó a los guerrilleros dónde estaban, qué
hacían el día que mataron a Jorge Eliécer Gaitán.
A Cástor los liberales le mataron ese día a su padre conservador en un pueblecito de la montaña
y él juró: «Papacito, te mataron los liberales pero
tus hijos te vamos a vengar». A Pelayo le pasó lo
mismo, sólo que le asesinaron los conservadores
a su padre liberal. Él sólo recuerda haber corrido a la cocina a buscar un vaso de agua y luego
arrodillarse con el vaso entre las manos frente a su
padre muerto y darle de beber un agua que se le
derramó por la barbilla, enrojecida. Y Diomedes
andaba de pachanga, celebrando con sus amigos
un acto de rebeldía. El profesor les puso injus-
tamente cero a todos, entonces los muchachos
lo arrastraron en calzoncillos por los corredores.
¿Y Aquiles?

¿Quién era Jorge Eliécer Gaitán?

Los une la historia, los une el recuerdo, los
une la violencia. Por eso quieren desterrar estas
tres furias y empezar de nuevo. Dicen (sueñan,
piensan) que son revolucionarios y que la revolu-

ción es empezar de nuevo, darles la vuelta completa a las cosas, recobrar la promesa del origen. Aquiles duda: ¿puede empezarse de nuevo sin repetir lo que hemos decidido olvidar? No tiene respuesta. Sabe con los demás que la guerra de Colombia es la guerra del campo, la lucha por la tierra, igual que en toda América Latina. En todas partes, la tierra no es de quienes la trabajan. La frontera agrícola del país es una reserva gigantesca de tierras públicas. Los campesinos no tienen derecho a ellas. Les son concedidas a un pequeño grupo de terratenientes. Los campesinos luchan por llevar sus pobres cosechas al mercado. Los terratenientes destruyen puentes para que nadie llegue al mercado. Destruyen las cosechas de los pobres. Crean grupos de vigilantes para intimidar a los campesinos. Los caciques representan políticamente a los terratenientes. Están allí para impedir que los campesinos se organicen, para que los pobres del campo jamás hagan contacto con los pobres de la ciudad. Éste es el peligro de Jorge Eliécer Gaitán: quiere unir la ciudad y el campo, quiere unir las fuerzas de los sindicatos y de los campesinos, es un hombrecito vibrante, moreno, elocuente, vestido como cachaco de la ciudad pero con ojos de selva apagada, lengua de catarata oculta, manos de amante labrador. Le dice la verdad a la gente: mírenlos salir de las iglesias y caminar a los clubes, son idénticos pero se llaman distinto, liberales y conservadores. Se alternan el poder, no dejan que ningún conflicto se manifieste fuera de sus partidos, estrangulan todo intento de reforma, agraria, universitaria, urbana, financiera, la política es asunto de familia. Colombia es una república hereditaria, la élite es siempre la misma, usan a los campesinos como carne de cañón de los partidos porque cada partido es sólo el signo, el anuncio, el cascarón, un hueco pero también el amparo pródigo, el techo de los intereses contrapuestos en cada pueblo, en cada región, en cada alma de este desventurado país con nombre de descubrimiento y destino de conquista.

Habla Jorge Eliécer Gaitán: «¡Claro que cada partido tiene intereses, jefes, tierras que conservar, tierras que arrebatar, intereses que defender! Pero los nombres de los partidos no significan nada, se alía al Partido Liberal el dueño de una finca bananera para defenderse de los terratenientes que la ambicionan y que sólo por ser sus enemigos se llaman a sí mismos conservadores. La política colombiana es el arte de disfrazar este hecho, de echarles la culpa de la violencia a los campesinos, a los pueblos, a las guerrillas. Que ellos se maten entre sí. Nosotros vamos al mismo club, a la misma iglesia, a la misma universidad británica o norteamericana».

Jorge Eliécer Gaitán les dice: «Ellos son los dueños de la política. Pero nosotros somos los dueños de la sociedad. Y ellos han excluido a la sociedad de la política. ¿Qué esperan? Por su propio bien, dejen que la sociedad se organice, los presione, les exija responsabilidades, les señale límites. Aquí nunca ha habido un Estado nacional responsable. La élite ha abdicado sus funciones. Sólo les pedimos que compartan obligaciones con la sociedad. Si no, la violencia acabará por desnudarlos de legitimidad. La violencia engendrará más y más violencia. Ellos la crearon; pero los matará a ellos».

Entonces Jorge Eliécer Gaitán cae muerto diciendo todo esto en una calle de Bogotá. La catarata se siega. La mirada se nubla. Las manos se retuercen de congoja. Lo mata un hombre vestido de gris. Lo mata con tres balazos. El asesino es linchado. Bogotá estalla en llamas. Son saqueadas las casas de los ricos, las oficinas, los conventos, las tiendas, la catedral. Se rompen los candados de las cárceles. Los tanques aparecen en las plazas. El fuego es indiscriminado. Es el mes de abril de 1948. La policía y los soldados les cortan los testículos a los partidarios de Gaitán. Asesinan a bayonetazos a las mujeres preñadas. «No dejen ni la semilla.» Los partidarios de Gaitán mueren degollados con la lengua colgándoles hasta el pecho. Esto se llama «el corte de corbata».

El estado de sitio crea dos tipos de crímenes: los políticos y todos los demás. Los primeros son juzgados por tribunales militares. Son los crímenes contra los ricos: robo, rebelión, secuestro, organización del trabajo, manifestación pública. Y los pagan los pobres. En los tribunales civiles, sólo se juzgan los crímenes contra los pobres: tortura, despojo, asesinato, pero éstos no los paga nadie. La rebelión de los débiles se llama violencia. La violencia de los poderosos se llama impunidad. Tres millones huyen a las ciudades para escapar de la violencia del campo. Las urbes se vuelven irrespirables, hacinadas, sin servicios, ciudades criminales, sobrevivientes, hormigueros, madrigueras, después pobladas por niños huérfanos, pícaros. La guerra contra la violencia hecha desde la impunidad de la violencia. El ejército y la policía crean grupos paramilitares. Los «pájaros» son mercenarios y asesinos ubicuos que se desplazan en flotillas de automóviles. Sus oficiales se autonombran Cóndor, Pájaro Azul, Pájaro Negro, Lamparilla. Sus jefes se enriquecen comprando café robado por los pájaros. Alimentar a los pájaros es darles armas, drogas, dinero. Se crea una economía de la violencia. Cada cual despoja a quien puede: el terrateniente más pobre al campesino, el terrateniente más fuerte a aquél. La tierra se mueve: los campesinos liberales son despojados por los conservadores y viceversa.

Doscientos mil terrenos agrícolas cambian de manos en los diez años que siguen al Bogotazo y a la muerte de Gaitán. Pero el café se sigue exportando, las esmeraldas surgen como verdes escarchas, el país se cubre de oro y sangre. La acumulación de capital y el derramamiento de sangre van juntos, dice Alberto Lleras Camargo, dos veces presidente liberal, en 1945-1946 y 1958-1962. La sangre es el lubricante del capital. La corrupción, también.

Ahora ellos dijeron:

—La guerrilla es el lubricante de la revolución y la revolución es el lubricante de la justicia.

En esto nacieron ellos, en esto crecieron, en esto se educaron.

Aquiles, escuchando (o soñando) el discurso de Jorge Eliécer contado por el tío a Pelayo y por éste a sus compañeros, retiene la imagen de la violencia desnudando al poder. Es como el cuento del traje del emperador que les contaba su mamá de niños.

Cástor y Diomedes, oyendo la palabra *desnuda,* piensan en mujeres, pero Pelayo sólo ve el cuerpo muerto, en la morgue, de Jorge Eliécer Gaitán y no quisiera que el discurso de su tío terminase allí, en la muerte desnuda, sino que milagrosamente el mártir resucitara, su voz volviese a oírse y el país borrase de un golpe su doloroso pasado. Pero la historia del tío detenido como un ave de presa sobre los tejados, las antenas, la bruma, las montañas de la ciudad asesina, debe repetirse, cumplirse, saciarse, recordarse a sí misma sin cesar porque es la historia de un parteaguas, inicio, fin, pero continuidad, de la pesadilla de la propia historia.

Pelayo recoge su memoria de niño y sólo recuerda un inmenso movimiento, de millones de seres, del campo a la ciudad, huyendo de la violencia del campo entre nubarrones grises para hundirse en la otra violencia que los esperaba, a él y a millones de trashumantes como él, en la ciudad de nubarrones rojos: barrios irrespirables, sin servicios, criminales; ciudades, emblema del país entero: las cifras monstruosas se atascan en el oído del niño protegido por su tío el que mira desde los tejados: la violencia cobra doscientas mil víctimas en los cinco años que siguen al asesinato de Gaitán. El tío señala con un dedo fuera de la ventana, como si disparara contra los transeúntes, pero diciéndole al sobrino, a ese que acaba de pasar quizá nunca lo volverás a ver, morirá porque sí, no se sabrá nada más de él, o de ésa, o de aquel niño. Cuídate, Pelayo, cuídate pero no claudiques...

¿De qué iba a claudicar? Nació a tiempo. Después del crimen, las mujeres identificadas de alguna manera con la causa de Gaitán salen a dar a luz en los bosques. Cástor, que ha permanecido en el campo, ve cómo se cumplen los peores presagios de su hermano enemigo el estudiante. Todos los días sabe Cástor algo nuevo y sin embargo semejante a las noticias anteriores como si la historia fuese sólo un par de espejos reflejándose a sí mismos hasta el infinito. El ejército y la policía crean grupos paramilitares. Cuídate, Cástor, escóndete en tu tierra, que no te vayan a llevar a esa leva maldita. Oye los nombres de los ángeles negros: Aquiles los ve en Medellín, Diomedes en Barranquilla, Pelayo en Bogotá. Los cielos de las ciudades se llenan del humo oscuro de alas incendiadas: los heraldos negros, como el libro que el estudiante le regaló a Cástor.

—Ya pasaron por aquí los pájaros, ya nos vaciaron los graneros, no hay nadie a quien acudir... Cástor, vas a tener que ir de vuelta a la escuela para aprender que las palabras que conoces ya no significan lo mismo. No creas más que alimentar a un pájaro es darle alpiste a un canario. Ahora, mijo, quiere decir darles armas, drogas y dinero a los asesinos a sueldo.

Los cuatro vieron cómo nació una economía de la violencia; fue la economía de sus amigos, de sus ciudades, hasta de sus familias, les gustara o no. Cada cual va a despojar a quien puede, Pelayo, los campesinos liberales son despojados por los conservadores, los conservadores por los liberales, ya no reconocerías la tierra de donde saliste, muchacho.

¿Contó en realidad todas estas historias, situaciones, realidades que traía grabadas en el alma como un catecismo patrio, o sólo las pensó al mismo tiempo que los demás, Diomedes, Aquiles, Cástor? Las historias no eran, no podían ser, sólo de ellos. Tenía que imaginar a otros, o a uno solo, desconocido, ausente, anónimo, que supiera lo mismo que ellos sabían aunque no hubiera vivido lo que ellos vivieron...

¿Y Aquiles?

El padre regresó, jubilado, a quedarse ya para siempre y todos temieron que en la casa sin secretos sólo se oyese una voz. O dos: moral y autoridad. No fue así. Sólo ahora, adolescentes, reconocieron la paciencia pero también la infinita ternura de la madre, el amor singular que sabía darle al padre, sin hacer ruido, cómplices los dos en ser discretos, lentos, tiernos hasta la mudez, encantados de estar juntos sin necesidad de un solo aspaviento. No se escucharon agonías de amor, pero todos supieron que el amor ocurría, simplemente porque la calidad del silencio cambió, que si antes era frío, ahora se hizo caliente, si antes era casto, ahora se hizo tentador, si antes era solitario, ahora era una hermosa quietud compartida. Los hermanos se miraron entre sí complacidos, con orgullo. Habían entendido. Habían respetado a sus padres porque los habían entendido.

Algo cambió, sin embargo. El papá almirante tenía voz, tenía mando. No lo podía evitar. También tenía clase, pertenecía a una buena clase empobrecida por la honradez. Recuerden ustedes: nunca expulsó a un oficial por razones partidistas. Nunca aceptó viáticos de los gringos. Aprendió en cambio lecciones antiguerrillas y pensó que ésta era la mejor escuela para los rebeldes: conocer las tácticas de sus enemigos. Pero no aceptó las razones anticomunistas. Temió en voz alta que la única institución fuerte en un Estado débil —el ejército colombiano— fuese debilitada por una justificación falsa, la tesis norteamericana de la seguridad continental, gozosamente aceptada por los gobiernos latinoamericanos como un pretexto para aplazar denuncias de justicia.

¿Quiere tierra? Comunista. ¿Quiere huelga? Comunista. ¿Quiere escuela? Comunista.

—¿Qué tiene usted, almirante, contra la lucha anticomunista? —le dijo el coronel norteamericano en la base de entrenamiento en Panamá.

—Va a ser un pretexto para reprimir a los sindicatos, a los campesinos, a los estudiantes...

—Con ellos empieza siempre la subversión. Ampute un dedo y salve el brazo.

—El ejército se va a desprestigiar. En vez de fortalecerse, se va a hacer débil...

—No se preocupe, almirante —rio el coronel—. Nosotros tenemos con qué mantenerlos a ustedes de aquí hasta el día en que la vaca salte sobre la luna.

Hizo un signo de pesos redondos con el pulgar y el índice.

—Usted no entiende ni madre —dijo el padre de los cinco hermanos que vivían en la casa sin secretos—. Con su permiso, coronel.

Todos sintieron, a pesar de todo, que hubo un desplazamiento, que el paso del padre por los pasillos, su taconeo militar, su manera de tomar las cosas sin pedir permiso, era una manera de decirles, no se imaginen ni por un minuto que la mamá puede gestar sin el papá; sin mí ustedes no existirían; la fuerza es mía y den gracias de que no soy un padre tiránico ni vicioso, sino un hombre recto que respeta a la madre de ustedes y a ustedes los quiere igual que a ella, a todos por igual...

No era cierto. A la niña le daba trato distinto, arrumacos, golosinas verbales, dulces del alma. A ellos, con un brillo irreprimible de amor y de orgullo en la mirada, les daba voz severa, órdenes, exigencias de disciplina. Lo oyeron una noche en que el padre subió el diapasón de la voz más que de costumbre, clasificándolos, quién era el más guapo, si éste era más inteligente que el otro, si uno debía seguir igual que él la carrera de las armas, si aquél tenía facha de abogado, si iban a optar por ser conservadores, como él, o liberales como ella, que a quiénes y de a cuánto les iba a tocar la menguada herencia.

Que si Aquiles debía ser médico para curarse a sí mismo.

—Pobrecito. El más guapo pero el más enfermito.

Las enfermedades se curan con música y hembras, reía entonces Diomedes y todos lo miraron

con el cariño que inspiraba este costeño bullan-
guero, tan vital como la revolución que proclamaba, o queriendo, más bien, que la revolución
fuese tan vital como él, que la revolución fuese
pura Barranquilla, revolución sin cachacos, sin
paraguas, sin culos apretados. Los miró y vio que
lo querían, lo apreciaban y temían por su falta de
seriedad, aunque no de sinceridad. Era un hombre bueno, les contestó con su propia mirada,
pero no frívolo; un hombre abierto, pero no ca-
rente de misterio, porque la alegría caribeña,
aunque de colores, oculta misterios que no deben
aclararse nunca: ¡hay tanta historia vivida! Les
contó que en el pueblo donde vivía junto al mar
había muy poca gente rica y una de ellas, fabulo-
samente pudiente, según decía el rumor, era una
mujer muy anciana que ya no salía nunca y que
según todos los chismes de las mujeres del pueblo
guardaba tesoros incalculables, joyas finísimas,
en rincones secretos de su casa blanca, enjalbega-
da, de dos pisos, con columnas resistentes a las
mordidas del mar...

Como nadie la veía desde hacía diez años, la
gente empezó a darla por muerta. Y como nadie
reclamaba su herencia, todos decidieron que el
cuento de las joyas era perfectamente fantástico,
que la señora sólo tenía bisutería. Y como la casa
se iba viniendo a menos, escarapeladas las columnas, llenos de goteras los porches, y vencidas e
inválidas las mecedoras traídas de la Nueva Or-
leans del siglo pasado, cuando eran la gran nove-
dad gringa, el *status symbol* de los años 1860,
cuando el auge de quién sabe qué, estaba claro

que a nadie le interesaba reclamar ninguna herencia, si es que la señora invisible de verdad se había muerto.

Los más viejos decían haberla visto de joven. ¿Cuándo de joven, de joven cuándo? Pues sería allá por los años veinte, cuando las mujeres de la costa empezaron a cortarse el pelo al estilo *bob,* con alas de cuervo y nucas pelonas, falditas cortas y tacones altos, toda esa putería que nos viene del norte... Y ella no. Los que la vieron entonces dicen que ella, joven y hermosa como era, persistía en vestirse como antes, con faldas largas y botines, blusas oscuras bien abotonadas hasta el cuello, y un como collar de la decencia, una corbatilla blanca como la luz de las seis de la mañana detenida por un camafeo. ¿Qué era el camafeo, qué describía, era un novio perdido o muerto, qué qué qué? Una mujer. Era el retrato de una mujer. Y cuando la futura anciana señora salía de su casa de pisos de mármol cuadriculados como un tablero de ajedrez, siempre se cubría con un parasol negro, pero su mirada no se la daba a nadie, sino a la mujer del camafeo.

La espiaban. Recibía a mujeres en su casa. Jamás un hombre. Una señora decente. Pero quién sabe si lo eran las mujeres a las que recibía. Pelonas, con collares largos cubriéndoles los escotes de satén por donde rebotaban las teticas de seda...

—Pero todo eso pasó hace mil años.

—No hay tal cosa. Nunca hubo mil años. Hubo novecientos noventa y nueve o hubo las mil y una noches. Odio los números redondos.

—Bueno, hace cuarenta y cuatro años, pon tú.

—Pongo yo, pues...

—La dieron por muerta. Es lo interesante.

Y yo, Diomedes, que era un muchachito curioso, reventando de curiosidad, decidí aclarar el misterio de una vez por todas. Iba a cumplir los trece y pronto mi cuerpo ya no iba a caber entre las rejas que protegían la casa de la madama esta. De modo que una noche decidí colarme, pasadas las once, cuando el pueblo, o ya se durmió, o ya se emborrachó. Apenas cupe entre dos barrotes. Me atarantó el olor de magnolia. Sentí crujir los tablones de la escalera que conduce al porche. La puerta de entrada estaba cerrada pero una ventana tenía los vidrios rotos. Me colé y me encontré en un vestíbulo que era como una rotonda de piso blanquinegro y un techo de emplomados donde un ángel desplegaba alas de pavorreal. De las puntas de las alas caían gotas espesas, aceitosas. Y entraba una luz que no era la de la noche, aunque tampoco la de la mañana. Una luz propia, me dije, sólo de esta casa. Esas cosas pasan en el trópico.

Entonces comencé a explorar. Varias puertas se abrían sobre la rotonda. Eran idénticas entre sí, como en los cuentos de hadas. Abrí la primera y me asustó un buda de esos que constantemente mueven la cabeza y enseñan la lengua. Cerré aprisa y me fui a la siguiente puerta. Aquí tuve suerte. Era una biblioteca, lugar ideal, según las películas de miedo, para esconder cosas y apretar botones que descubren paneles corredores y sus etcéteras.

Ya conocen el rollo. Pero yo ya había leído en la escuela el cuento de Poe traducido por Cortázar, el de la carta robada. Allí se demuestra que el mejor lugar para esconder algo es el lugar más obvio, el más visible, que de tan visible se vuelve invisible. ¿Qué era lo más obvio en una biblioteca? Los libros. ¿Y entre los libros? El diccionario, el libro sin personalidad propia. ¿Y entre los diccionarios? El de la Academia Española, la lengua que hablamos todos.

Me fui sobre el libro de pastas de cuero claro y etiqueta roja que veía todos los días en la escuela. Lo abrí y era lo que yo esperaba. Un libro hueco, una simple caja que abrí sin respirar apenas. Allí estaban las joyas de la vieja dama. Metí la mano para sacar la que más brillaba y allí debí conformarme. Pero ustedes ya saben lo que es la codicia cuando no hay conciencia revolucionaria —se rio Diomedes— y volví a meter la mano. Sólo que esta vez había allí otra mano que se me adelantó, tomó la mía con fuerza y me obligó a soltar el collar de perlas y mirar hacia la dueña de la mano helada, descarnada, que con tanta fuerza oprimía la mía.

No era dueña, sino dueño.

Era un hombre. Muy viejo, sin pelo, o más bien con mechones cenizos saliéndole de donde no debieran, las orejas y las narices y los rincones de los labios, un terrible anciano de dientes amarillos y ojeras pantanosas, de cuyo tacto nauseabundo me desasí con toda la fuerza de mis casi trece años, para huir con la única joya que salvé... Me volteé para mirarlo. Ya les dije que mi curiosidad siempre me gana. ¡Va a ser mi perdición, muchachos! Quise ver de cuerpo entero a este espanto que se me apareció antes de la medianoche, ¡qué sería después de esa hora!

Era un hombre. Calvo, anciano y apestoso. Pero vestía como mujer. Un traje largo, antiguo, con botones, cerrado hasta el cuello, una corbatilla que fue blanca, mugrosa, amarilla, y el camafeo de una mujer bellísima, antigua, viva, muerta...

Salí corriendo por donde entré. El espectro de la casa no me persiguió.

Dormí con mi brillante joya escondida bajo la almohada. Al día siguiente, di un pretexto para irme a Barranquilla y enseñársela a un joyero judío que había emigrado de Ámsterdam huyendo de los nazis. Me dijo la verdad: la joya no valía nada, era de las que se encuentran en las tiendas Woolworth en todo el mundo...

Pero nunca le conté a nadie lo que me había pasado. El pueblo siguió creyendo que la vieja había muerto y que su fortuna era un mito, puesto que nadie la reclamaba. Yo no dije la verdad. Ustedes son los primeros en oír mi historia. Agradézcanmela, que nuestras noches van a ser largas y mañana quién sabe si sigamos vivos... Por lo menos debemos inspirar historias...

¿No me lo agradecen, bola de...?

Los sorprendió la aurora de dedos rosados escuchando con fascinación a Diomedes el costeño y a los cuatro una especie de confusión les turbó el ánimo. ¿Ahora qué? Era la pregunta de los cuentos. También la de la acción. ¿Ahora qué?

¿Qué sigue? Diomedes se quedó en la posición del narrador, sentado, pensativo y sonriente, como uno de esos budas que descubrió en la misteriosa casa de la anciana rica de su pueblo. Cástor y Pelayo se pusieron de pie. Aquiles empezó a toser terriblemente. Pelayo dijo que era necesario seguir adelante. ¿Hacia dónde?, le preguntó Diomedes sin dejar de sonreír. Sí, terció Cástor, vamos adelante, pero no sabemos a dónde vamos. Todos los días entramos más en la montaña y en la selva, que aquí en Santiago son la misma cosa. ¿A dónde nos paramos? ¿En dónde terminan la montaña y la selva? ¿Vamos a entrar finalmente a otro país? ¡La revolución puede hacerse en cualquier lado! ¡La injusticia y la violencia no son monopolio de ningún país! ¿O vamos a dar una gran vuelta en redondo, regresando a nuestro punto de partida?

Aquiles calmó la tos y dijo desde entonces, desde entonces nos consta a todos que dijo, hay que atacar, todo lo que hacemos ahora es para poder atacar un día, que no les digan, compañeros, que estamos aquí para defender posiciones en la montaña, que no les digan que estamos aquí para que nadie nos encuentre, estamos aquí para hacer contacto primero con un foco de descontento campesino que conoce mejor que nosotros el terreno, pero que quizá carece de suficiente doctrina revolucionaria; eso primero, ustedes digan que estamos aquí para hacernos de una base y desde ella atacar, tomar la iniciativa, juntarnos con los campesinos, luego los estudiantes, y finalmente, Pelayo, como quería tu Jorge Eliécer Gaitán, con los obreros de las ciudades... No venimos a escondernos, venimos a atacar. Venimos a ver el país desde una ventana más ancha que la de tu tío en una bohardilla de Bogotá, Pelayo. ¿Cómo vamos a revolucionar al país si no lo conocemos desde adentro? No basta conocer las ciudades, todas ellas son trampas, el revolucionario no dura mucho en la ciudad, lo descubren, lo cercan, lo matan. La montaña es al mismo tiempo nuestra escuela y nuestra fortaleza. Estamos aquí para iniciar la revolución, tantas veces interrumpida, traicionada, igual por la oligarquía, lo que se explica, que por los comunistas, lo que se explica menos fácilmente. Ganamos experiencia. A ver si a nosotros sí nos salen bien las cosas. Y si no, vendrán otros detrás de nosotros, a juzgarnos y a seguir adelante...

—Y no sabemos ni disparar un rifle —Pelayo se rio amargo.

—Nos enseñarán —dijo Aquiles.

—Nos enseñan —sonrió ancho Diomedes, levantando la mirada hacia el monte por donde bajaban, deprisa, agitados, cien banderines colorados, casi a nivel terreno, acompañados de un bullicio alegre, como si la sierra tuviera comezón y sólo los rifles alzados le sirvieran de uñas.

Diomedes y Aquiles se pusieron de pie. Cástor y Pelayo giraron en redondo. Estaban rodeados de varias docenas de niños, todos con cananas cruzadas al pecho, ropa de dril demasiado grande para unos, demasiado corta para otros (como mis hermanos, se dijo Aquiles) pero todas las prendas desgarradas, deshilvanadas, y sombreros de paja, rifles o palos en las manos, y las caras enmascaradas por los pañuelos rojos como los banderines que, con la mano desarmada, blandían, rodeando a los cuatro guerrilleros, riendo, alborozados, como si los niños hubiesen encontrado un tesoro mejor que el buscado por Diomedes a los casi trece años en una lóbrega mansión de Barranquilla... Uno de ellos dio un grito de ¡alto! y se despojó del pañuelo, tenía las mejillas de cántaro despintado, como una manzana afectada por la palidez tiñosa de un mundo sin hospitales. ¿Tendría doce años? Cuando cumplió quince, todos los diagnósticos médicos lo confirmaron: sufría de epilepsia y de disritmia cardíaca. No, se dijo cada uno —Cástor, Aquiles, Diomedes, Pelayo— al encontrar a la vanguardia de la montaña, tenían varios siglos de edad, eran los descendientes de las comunidades indígenas despojadas de sus resguardos, eran vástagos de los palenques rebeldes y de la rebelión comunera de la colonia que se levantó contra los impuestos, en la ciudad de Socorro se juntaron, crearon ejércitos contra España, marcharon contra Bogotá, veinte mil hombres armados, recibieron concesiones, les frenaron retrasados, resistió José Antonio Galán, fue capturado y ejecutado: su cuerpo cortado en pedacitos, su cabeza solitaria enjaulada, su mano derecha exhibida, su casa sembrada de sal: ¿cuándo empezó la violencia en Colombia?

Eran los mil hijos de la guerra de los mil días que dejó al país postrado para perder Panamá, eran los sobrinos de la incendiaria anarquista María Cano, que navegó como un salmón Magdalena arriba, bautizando a los niños en el «sagrado nombre de la humanidad oprimida», eran los hermanitos pequeños de Quintín Lame, el guerrillero del Cauca que salió a defender los últimos resguardos comunales, eran los ejércitos de Tántalo, con la mano siempre tan cerca del oro, la esmeralda, la orquídea, el café, la riqueza, la felicidad, fugitivo todo, permanentes apenas la tristeza y la esperanza...

Era aparte. Había crecido en la fraternidad sin secretos de la casa donde todo se oía. Eran iguales, su madre los quería igual, los trajes que usaban eran los mismos, recibían la misma educación al mismo tiempo. Ahora no. Pobrecito. El más guapo pero también el más enfermito. Diferente de sus semejantes. Entenado de sus propios hermanos. El más guapo, desde entonces. La cabellera larga, cobriza, el bigote naciente, rizado, indistinguible del vello de su sexo y sus axilas naciente también. La nariz perfecta. Los ojos de santo fallido, de tirano que no quiere serlo, de amante en un orgasmo perpetuo de mirada en blanco que sólo el orgasmo fija, aclara, afoca. Cuando fue por primera vez con una puta, ella se lo dijo, tenías una mirada tan soñadora, por eso me gustaste, ¿no te gusto? Cómo iba a decirle: «Es que acabo de descubrir que soy diferente». Se alejó de sus hermanos. Pero era un hombre tierno y un día trajo a la casa un *collie* perdido, de esos que se unen a las manadas de un país cimarrón, donde todo se procrea sin límite: la violencia, el café, la esmeral-

83

da, la selva, las flores, las avalanchas de lodo, las montañas infranqueables, los ríos inquietos, los terremotos puntuales, los niños perdidos, los perros sueltos, la salvaje proliferación cimarrona, sin ley, donde todos y cada uno, y toda cosa además, se agolpan como una marea de cuerpos, deseos, insatisfacciones: país de barreras insalvables. Y él tan guapo y tan enfermito. Se alejó de sus hermanos para no ofenderlos con lo que ahora quería hacer. Inventarse una voluntad. Crear su propia barrera para que no se lo tragaran el lodo, la selva, la violencia. Trazar el campo perfecto de un partido de fútbol, hacer dos cosas en el campo y con la pelota: demostrar su voluntad y demostrarla con orden, en un espacio ordenado, comprensible, pues el mundo, dieciséis, diecisiete, dieciocho años, se le volvía incomprensible, fotografía desafocada, espejo oscuro. La voluntad era exponerse a un ataque, a dos, en el acto de jugar: epilepsia, disritmia. Pero era joven, aguantaba, sabía desde entonces que iba siempre a pagar por algo, no por nada. Los hermanos se alejaron; él se encariñó con el perro, le puso Príncipe, como para compensar el terrible abandono proletario del cual llegó, la vida callejera, errabunda, lo bañó, lo limpió, lo peinó, lo acarició, le reservó toda su ternura. Lo utilizó. El Príncipe iba con él al campo de fútbol. Aquiles tenía que ganar. Siempre tenía que ganar. No admitía perder. Bastante había perdido ya con un cuerpo enfermo y a su edad. Bastante había pagado con ser buen mozo por fuera y un inválido por dentro. Explotó su apostura física. Iba a los bailes. Bailaba bien la cumbia, cantaba un buen vallenato, no podían con él. Sabía seducir a las muchachas. Se quedaba con todas. «Es el más guapo. Es el más fuerte.» Lo decían ellas. Nadie las desmentía. No era fuerte. Pero esto sólo lo sabía la familia, los doctores; y los hermanos eran como sacerdotes, ligados por el secreto de la confesión y por el respeto hacia el macho, el machito fraternal que crecía con ellos y en ellos, lleno de desplantes, seducciones, máscaras, mentiras y, ahora, violencias.

No le gustaba perder. En la cancha, una tarde, el equipo perdió por su culpa. Tenía el arco abierto, el guardameta demasiado metido en el campo, le pasaron la pelota y no atinó. Perdieron. No lo soportó. Al equipo ganador les azuzó al perro, se lo echó encima y el perro respondió con toda la lealtad que le debía al amo que lo salvó de las calles cimarronas. Hubo muchachos heridos, mordidos, sangrantes. El réferi agarró al Príncipe del collar y lo sometió y Aquiles se arrepintió de haberle dado esa seña de posesión a su perro, si no, habría acabado con el equipo contrario a dentelladas. Se habría comido al propio réferi. El padre se enteró. Lo regañó, lo trató de caprichoso, cruel, inservible. Y decidió mandarlos a todos a estudiar con los jesuitas. La culpa la tenía la educación en casa. Se escucharon por primera vez gemidos de amor esa noche. Se confundieron con el llanto de Aquiles, su cólera admitiendo que actuó como actuó para que su propio equipo no actuara contra él con la misma violencia que usó contra el equipo ganador, adelantándose a la cólera de sus propios compañeros...

Sus pisadas iban por delante de ellos, como si ya hubiesen pasado por aquí tiempo atrás: ya lo habían dicho, eran guerreros hirsutos, con largas crines de caballo y las barbas llenas de pepitas de oro, como describió a los conquistadores españoles Neruda, que era uno de los dos poetas a los que ellos habían leído (el otro era Vallejo), sólo que ellos, ahora, iban a ciegas, pues lo primero que les dijeron en Santiago cuando los niños los internaron en la verdadera montaña, en la verdadera selva, la que no tiene ni entrada ni salida, era que tenían que aprender a oír, toda la gente de la ciudad llegaba con las orejas sucias, retacadas de hollín, de humo, de gritería; en la selva, si no sabían oír, los iban a matar.

Aquiles dio gracias por la misteriosa acústica de la casa de sus padres; Diomedes por el ritmo interno de la costa que era como su radar; Cástor por el olor de la guayaba que lo guiaba en ausencia del rumor del bosque; sólo Pelayo se sentía indefenso, acumulando sorderas causadas por el balaceo interminable contra el cuerpo inerte de Jorge Eliécer Gaitán...

Veintiún días pasaron encapuchados, haciendo lo mismo de siempre, pero sin ver nada, sin oír nada. Todos se dieron cuenta de algo más que los ruidos de ramas quebradas por animal o por hombre, de pisadas en la selva —uno, diez, veinte hombres—. Caminando horas enteras a ciegas entre el monte y el páramo: pueblo, naturaleza, gente, admite, Diomedes, que lo ignoramos todo.

Cruza el río y siente cómo se moja tu equipo, tu comida, cojones fríos, ansiedad de hembra. Entonces acércate, Cástor, pregunta, no llegues todavía a ninguna conclusión; pasando a tientas trochas y trochas: *okey*, no tenemos raíces societales, como se dice en la jerga, *okey*, somos unos tipos urbanos, aquí se deben reír de nosotros, hundiéndonos en todos los pantanos, cayéndonos en todos los huecos.

6

Pelayo había venido a la guerrilla de Santiago huyendo, un poco, de la ciudad donde el lodo era siempre un veneno, basura, abandono, suciedad, vino a la selva donde el lodo era limpio, sustento, madre, y se hundía en él con más placer que Aquiles en su estepa dura. Era un hombre trashumante, tan sonriente que sólo hacía brillar la tristeza en sus ojos glaucos, la mueca trágica de sus gruesos labios cubiertos por un bigote espeso, largo, casi circular en torno a las comisuras. Hombre de la ciudad en busca del lodo verdadero, ansioso de llenar con ese lodo los lotes vacíos de su ciudad, de convertir los pavimentos en fango nutritivo; y sin embargo (les dice a los compañeros, se dice a sí mismo) tampoco él puede diferenciar muy bien lo que piensa a solas, lo que dice en voz alta, lo que sueña, lo que se guarda para sí con la convicción, empero, de que todos lo oyen, de que aquí en la guerrilla solitaria y silenciosa se escuchan los pensamientos de los demás como si se dijeran en alta voz.

Busca con la mirada al tercer compañero, Cástor, flaco como sólo un campesino puede serlo, no flaco de hambre o desventura, sino flaco de trabajo y mimetismo: hay que estar a punto de consumirse, desaparecer, volverse sombra, para evitar el peligro, la muerte, la violencia circundante. Su flacura era una manera de estar listo, a punto de irse a un largo viaje. Era flaco para desaparecer pronto. Cuando fuese necesario. Sin que nadie se enterara. El guerrillero invisible. Habla de su «casita mala», con sólo dos piezas y una letrina, pero con muchas flores, en todas partes las flores son bellas y bienvenidas, aquí son el lujo de los pobres, son la belleza abundante, no hay una casa por humilde que sea que no pueda tener sus ramos, macetas, vasos llenos, flores de colores, azules, blancas, amarillas, y un desayuno asegurado, a pesar de la pobreza, arepas y agua de panela, por lo menos arepas y agua de panela. Además, el monte está lleno de acelgas y Cástor, el niño, sale a recogerlas, sin temor, hasta el día en que comienzan a silbarle las balas mientras está en cuclillas y piensa que si hubiera estado de pie ya estaría muerto. Regresa corriendo a la «casita mala», guiado por el olor de la guayaba que lo invade todo, y encuentra a su padre en el huerto, con la cabeza alta y unos ojos de perdición, rodeado de hombres armados. Le dice a su hijo:

—Avísele a su mamá que me mataron y que no se deje robar las mulas.

Antes, apenas llegaban los liberales, el padre se iba a la montaña y los muchachos escondían la carreta, el caballo y las mulas. Luego todos se hincaban a rezar el rosario y así los hallaban los enemigos. Eran como casi todos, una viuda y sus huerfanitos. Ahora el padre no tuvo tiempo de esconderse. Llega un día en que nos sorprenden. Es fatal.

—No —dijo entonces el cuarto compañero, Diomedes—, nada es fatal; tú, Pelayo, andas extraviado; tú, Cástor, eres peor, eres la fatalidad andando, y tú, Aquiles, recuerdas demasiado, casi creo que recuerdas para estar más melancólico, ¿y yo?, yo sólo recuerdo para estar alegre otra vez.

Empezó a tamborilear sobre el terreno duro, dijo (o pensó o soñó) que era de la costa, alegre, bailador, amigo de la pachanga, y no sabía por qué se iba a volver tan triste como los demás aquí en el monte, mejor iba a contarles cosas alegres, iba a recordar noches de fiestas costeñas, las parrandas sabrosas, el vallenato y la cumbia bajo luces que nunca eran las mismas porque la música en la costa les da órdenes a la luz, al sol y a la luna, a cada hora del día y de la noche el tambor los llama al orden, el mecho hace que pasen las nubes rápidamente, el guache lleno de pepitos convoca a todos los pájaros como una serpiente fascinante, acuden a la fiesta las bestias y los insectos para que nos acompañen a gozar la vida llenándola de humores, olores, movimientos, azoros de los ocelotes que se acercan intrépidos al escuchar el llamado de la hembra («¿la mujer?», dijo sobresaltado Pelayo y Diomedes le dio una falsa trompada en la quijada, «n'hombre, el tambor que nos llama al baile»). Dice que lo llamaban el Fundidor, porque sacaba a bailar a las peladas y sólo las soltaba cuando se fundían de cansancio, entre sus brazos.

Lo calló con una mirada eclesiástica Cástor y pensó o dijo o soñó (ya nadie se acuerda) que no quería ser puritano ni aguafiestas, les juraba

que no, pero sí quería preguntarse y preguntar-
les a ellos qué iban a hacer aquí sin mujeres, si
sentían como él ansia o temor de encontrarse a
una mujer para ponerse a prueba y Aquiles dijo
o pensó o soñó (ya nadie se acuerda) si la ausencia de la carne era el mejor apoyo de la soledad
y Pelayo dijo o soñó o pensó (ya nadie...) que la
ausencia de la carne era más bien el apoyo de la esperanza, algo tan lejano como irse al cielo un
día. «¿O morir esta noche?» (dijo, esto sí lo dijo,
Aquiles).

—Carajo, ¡no quiero olvidarme de cómo es
un cuerpo de mujer! —casi gritó, entre alegre y
desgarrado, Diomedes.

Cómo es un cuerpo. Cómo es mi cuerpo.

Pelayo quería olvidar todo lo que había pasado antes y empezar de nuevo, ¿no estaban aquí
para empezar de nuevo, para eso nomás? Los cuatro se miraron sabiendo lo que sabían. La memoria se volvía insoportable en esta nueva situación
a la que ellos decidieron llegar, nadie los obligó,
nadie les ordenó: «Váyanse al monte y háganse
guerrilleros, pobres pendejos que no saben ni
manejar un fusil, ni distinguir los ruidos de la
selva, cuándo es un animal el que quiebra una
rama y cuándo un hombre, y cuando se escuchan
pasos de hombre, ¿cuántos son, diez, cinco, uno
solo?».

No sabemos ver en la oscuridad. (Amamos la
luna, le rezamos que salga, por favorcito.)

Lo desconocemos todo.

El pueblo, la naturaleza: vamos admitiendo
que lo ignoramos todo.

La gente es desconocida.

Nos acercamos, preguntamos, no sabemos de qué nos hablan.

Dice Aquiles que esto es igual que la conquista española.

La verdad es que físicamente nos parecemos a esos guerreros hirsutos, con melenas de león y barbas de creadores del mundo. Cortés, Pizarro, Aguirre, Valdivia...

No nos parecemos a los indios, nos parecemos a los españoles.

Somos criollos, hijos de europeos.

A lo sumo, tenemos sangre mestiza, pero más española que india.

Nos educaron como europeos.

Nuestras vidas revolucionarias vienen de Europa. Marx, Engels, Gramsci, Lenin.

Por eso queremos darle una ideología latinoamericana a nuestra revolución.

Bolívar.

Pero Bolívar leyó a Rousseau y a Voltaire.

Dioses por fuera, niños por dentro.

Aprendemos a caminar horas enteras entre el monte y el páramo.

Las armas que no sabemos usar, el equipo que debe mantenernos. Todo se nos moja. Los ríos descienden turbulentos, las lluvias caen turbias, estamos turbados, solos, se ríe Diomedes, masturbados.

Comida mojada: aquí hay que aprender a comerla.

Hay que aprender a comer mico, el mono capuchino de cola larga.

El dante es un rumiante sordo y feo, con cuernos como ramas, y se encuentra sólo en las playas de los ríos. Hay que aprender a comerlo.

Tenemos nostalgia del sol. Nos acostamos a dormir cuando el cuerpo lo necesita. Pero no sabemos si es de noche o de día. La selva de Santiago es una larga noche sin relojes. La selva tupida no deja pasar un solo rayo de luz. Es una catedral de árboles, una caverna vegetal. El cuerpo dice: descansa.

Pero nada supera —ni la luz ausente, ni la oscuridad selvática, ni la noche real, ni la imaginaria—, nada salva nuestro miedo compartido. El miedo de quedarnos solos en la selva y entonces se reinicia, otra vez, otra noche, el recuerdo dicho, soñado, pensado, a sabiendas de que nuestra situación vuelve insoportable la memoria, a sabiendas de que cuando nos detenemos quisiéramos, cada uno a su modo, Aquiles en la piedra, Pelayo en el lodo, Cástor entre las guayabas, Diomedes con el guache y la tambora, hacer un hoyo, escondernos en una cueva y olvidar todo lo que ha pasado antes para recordar lo que debe pasar ahora: la revolución. Ospina, Bateman, Fayad el Turco, Pizarro: Comandante Papito.

7

Gente se les unió, de las ciudades, del campo; aquí empezaban a reconocerse el trabajador urbano y el campesino; el trabajo compartido creaba lazos, afirmaba la comuna, le daba la razón inmediata a Diomedes que en la montaña de Santiago veía la oportunidad de la utopía, el falansterio de los justos, la comunidad ideal sin amos y esclavos. Y así era, por lo menos al ojo desnudo y al nivel visible de quienes llegaban de las fábricas y universidades y las profesiones a unirse a ellos: y también, en apariencia, al nivel de las relaciones del grupo guerrillero con los indios y los campesinos de Santiago. Pero una guerrilla no podía actuar sin mando, y el mando supone jerarquía. El cuadrilátero se impuso una disciplina: no iban a disputarse, harían cuanto fuese posible de común acuerdo, y la jerarquía establecida sería un pacto de sucesión en caso de que alguien faltara. Primero, Diomedes, el que unía a todos de la mejor manera, mediante la alegría y el entusiasmo; segundo, Pelayo, porque era el más disciplinado y hasta duro pero en una sucesión eso iba a ser necesario; tercero, Cástor, cuya sencillez y humanidad podían corregir, llegado el caso, los rigores de Pelayo; y el último, Aquiles, porque dejarlo al final era extenderle la confianza de la salud: el más enfermo tenía derecho a ser el último y el primero al mismo tiempo.

Justificaron, rieron, se abrazaron, acentuaron los actos de camaradería entre sí y con los compañeros que se unieron a ellos, para desdibujar la semejanza entre la estructura de mando y cualquier forma de autoritarismo; acentuaron también la camaradería con la población de la montaña, se tragaron las brujerías y trataron de adquirir sencillez en el lenguaje —nada de lengua de madera, como dijo al principio Diomedes—.

¿Saben qué le dijo Emiliano Zapata a Pancho Villa cuando ocuparon la Ciudad de México?: «Yo ya me voy de regreso a mi tierra, compadre. En esta ciudad hay demasiadas banquetas y yo siempre me ando cayendo de ellas». Aquí nos pasa lo contrario. Nos hacen falta las banquetas. Nos caemos en los hoyos del monte. Dormimos entre los frailejones. Comemos cosas ahumadas, comemos mico y dante, lo que se encuentre en las playas de los ríos. ¿Qué les damos de comer a ellos? ¿Qué traemos de las ciudades? ¿Un discurso nacionalista y democrático? ¿Una práctica terrorista? ¿No nos enseñaron nada más, Pelayo? Sí, poemas de Neruda y de Vallejo, que eran revolucionarios pero no tenían lengua de madera, recuerden eso, muchachos, vamos a curarnos aquí de la lengua de madera. No nos van a entender de otro modo. Nadie sabe aquí qué carajos es eso de la dialéctica, el materialismo, el modo asiático de producción o la plusvalía; menos aún van a entender chifladuras como la dictadura del proletariado, el centralismo democrático o la autocrítica revolucionaria que acaba fusilando a los propios camaradas, nada de eso, Aquiles, vamos aprendiendo de ellos: nos guían los niños, qué linda idea que ellos sean nuestros guías, con sus fusiles más altos que ellos mismos, sus máscaras coloradas. Los niños estafeta que nos llevaron al corazón de la tierra donde admitimos ignorarlo todo, donde desconocemos a la gente, donde nos vamos acercando, preguntando, sin hacer discursos o llegar a conclusiones, donde al quitarnos las capuchas lo vemos todo demasiado claro, demasiado nítido, recortado, y nos decimos, Aquiles, aquí hay engaño, todo es demasiado nítido, como las montañas, y también tan lejano como ellas, vamos acercándonos hasta que todo fluya, impreciso pero cálido, complicado, Cástor, ¿sabes a dónde hemos llegado, a ti que te encanta leer a Alejo Carpentier?, pues hemos llegado al lugar de los pasos perdidos...

Quizás, entonces, éste era el paraíso y aquí se podía fundar la comunidad perfecta. No iban a fundar la revolución. Ésa ya estaba aquí, desde siempre. Los niños que los rodearon al pie de la montaña se lo dijeron sin abrir la boca. Ustedes no nos van a enseñar nada. Nosotros vamos a enseñarles a ustedes. Pero como somos buenas gentes, como tenemos paciencia y humor y carecemos de la vanidad de ustedes, vamos a hacerles creer que ustedes nos lo enseñan todo.

—No sabemos nada. Ni disparar derecho —dijo Pelayo.

—¿Qué saben ellos, Pelayo? Esconderse y aguantar. Admirable, sin duda. Lo que les vamos a enseñar nosotros es a crear una base desde donde atacar —le respondió Aquiles.

—¿Saben lo bueno de todo esto? Que aquí no hay que pagar cuentas de teléfono o de luz.

Se rieron de la broma de Diomedes y como todos se habían criado viendo cine mexicano, cantaron unas estrofas de *La Bartola* de Pedro Infante, «ahí te dejo esos dos pesos, pagas la renta, el teléfono y la luz». Pero anhelaban, aquellos primeros días, la luz de la luna. Un día se perdió Diomedes en el bosque por no conocer aún los signos que los niños estafeta y los campesinos vaquianos distinguían como un cachaco la carrera Séptima de Bogotá y cuando lo rescataron confesó a sus amigos que nunca supo si era de día o de noche. Se sentía perdido, angustiado, pero peor que la desesperación de perder su compás interno era el anhelo de una luna, dijo, que le comprobara la noche. No quería pensar, lo volvía loco, dijo tiritando de regreso, tomándose un café, lo volvía loco pensar que esta oscuridad le pertenecía al día. Lo rescataron los vaquianos indígenas, que sabían reconocer una trocha después de cinco años.

—No hay una cicatriz del monte que no se sepan estos pelados.

Se unieron a ellos y los siguieron en su peregrinaje por las selvas y los montes. Aquiles y Pelayo, Cástor y Diomedes. Establecían campamentos rudimentarios y soñaban, en sus pláticas nocturnas, con crear aquí mismo una sociedad igualitaria, comunidades de autogobierno, sin autoridades. Pero ahora estaban, quisiéranlo o no, en manos de los niños, los labradores, los indios que conocían el terreno y que cargaban a cuestas las municiones acumuladas en décadas de lucha, asaltos esporádicos, toma vacilante de cuarteles prontamente abandonados. También cargaban kilos y kilos de plátano y yuca como por un miedo ancestral al hambre, y, de noche, niños, vaquianos, indios y labradores se juntaban a extraer de sus morrales otras minucias, muchos frasquitos de sortilegios y amuletos. Un viejo de cejas tan blancas que parecían polveadas, asistido del mismo niño con mejillas de cántaro despintado, celebró la llegada de esa luna llena que tanto anheló Diomedes el día que se fue bailando a la selva con los ojos cerrados como si quisiera bailar con la selva entera, darle forma de mujer y ritmo de bambuco al rumor de los árboles. El viejo encabezó la cruzada infantil que los rescató de la montaña, regó las pepas rojinegras del árbol del chocho. «Es el brujo», le dijo a Aquiles uno de los niños estafeta. «¿Qué hace?» «Es para evitar la muerte y volvernos invisibles para el enemigo.»

Se consultaron rápidamente y se dijeron que no podían aceptar prácticas supersticiosas, eso era tan malo y absurdo como creer en la dictadura del proletariado, otra superstición. ¿No hay una fórmula intermedia, dijo Cástor, algo entre la brujería y el materialismo? Porque tan irracionales habían sido las invocaciones del comunismo como estas de la brujería campirana. O la brujería católica, no se te olvide, dijo Pelayo. Sólo Diomedes había pertenecido al Partido Comunista. Pero no pudo contenerse nunca de decir cosas como «quitémosle a la revolución el aspecto solemne, hagamos de la revolución una fiesta costera...».

—Mis bromas me costaron caro. El partido me castigó de la peor manera. ¿Leyeron a Kundera? El peor crimen contra la solemnidad ideológica del comunismo es el humor. El partido me mandó una temporada a la Unión Soviética, a ver si la revolución podía ser una pachanga tropical, a ver si se me quitaba lo barranquillero. Hay que odiar mucho a un costeño para enviarlo a Moscú. Qué penitencia, madre mía. Yo creo que los comunistas soviéticos inventaron la aburrición, ellos solitos, nomás.

Se echó una carcajada y pensaron sus amigos que en realidad Diomedes nunca estaría a oscuras, que la risa era su luna...

—Me salvaron los brasileños. Se las ingeniaban para organizar partidos de fútbol en la nieve. Me enseñaron a bailar la samba y a putear en portugués. Pero eso no me quitaba el estigma. Desprestigia que a un comunista latinoamericano lo manden a la URSS.

Paralizaban la acción. No querían darle el prestigio de la iniciativa y mucho menos el del triunfo a los campesinos, a los estudiantes como ellos, sólo a la clase obrera guiada por su vanguardia, el PC.

—¿Qué cosa dijo Marx? ¿No hablaba de la barbarie agraria, de los campesinos como salvajes casi? —preguntó Diomedes.

—Ya los ves. Creen que pueden volverse invisibles —dijo sin sarcasmo, preocupado, Pelayo.

—¿Podremos de veras entendernos con ellos?

Nadie le contestó a Aquiles. Abundaron en las razones por las que rechazaron al Partido Comunista, su miedo al triunfo revolucionario en América Latina para no crearle problemas internacionales a la URSS en el coto de los gringos. Aguijonear, agitar el coco del comunismo, darles pretextos de intervención a los gringos y de represión a los gobiernos, eso hacían los partidos comunistas latinoamericanos, no les importaba la revolución, les importaba la URSS, la patria del socialismo...

—Donde los gallos andan en limusinas y tienen dacha y los jodidos duermen al descampado o en apartamentos de dos piezas para una familia de diez. Carajo con el comunismo ruso.

¿Por qué se fueron a la guerrilla? No hablaban por ellos, porque sin decirlo, cada uno, Aquiles y Pelayo, Cástor y Diomedes, tenían, o creían tener, razones singulares que no se parecían a las de nadie más. Los corrieron de la universidad. O eran de la ciudad y sentían el llamado de la selva, la naturaleza, la aventura, y uno dijo que qué cosa más sabrosa era saber que el poder estaba a veinticuatro horas de distancia, en el monte, y la impotencia sólo aquí, en las calles de las ciudades. Más, dijo Aquiles, las rebeliones estudiantiles de los sesenta, el 68 parisino, las amistades trotskistas y maoístas, la revolución cubana, revolución con pachanga, barbuda, alegre, joven, una mentada de madre a los gringos en su propio patio trasero, y más, dijo Cástor.

8

En cuanto Aquiles tomó la decisión de luchar, los hermanos votaron:

—Te seguiremos.

No valieron las razones del guerrillero; con un muerto bastaba, se rio Aquiles, piensen en nuestros padres; es posible hacer muchas cosas por fuera.

—Ya hablamos con ellos. Les dijimos que queríamos acompañarte en el camino. Están orgullosos de nosotros.

Pero no hicieron nada por fuera porque rápidamente fueron declarados sospechosos, acusados de crímenes más o menos imaginarios y, tácitamente, del delito de intención. Los hermanos fueron encarcelados en el mismo reclusorio, sujetos a las mismas indignidades pero también agraciados con una cierta indisciplina que decidieron aprovechar.

Primero, sintieron que entraban a un mundo de silencio. Era sólo el contraste con el bullicio de la vida urbana; pronto aprendieron a escuchar los rumores del penal, añadiendo sonidos propios, nuevos, a una especie de polifonía que sólo sabían oír los que llevaban tiempo encarcelados.

Se sometieron al orden aparente, que no era más que rutina, levantarse, enjuagarse, comer, caminar por el patio, leer, comer, dormir, levantarse otra vez, ver los camiones llenos de armas que entraban al depósito anexo a la prisión una o dos veces por semana.

Decidieron ganar derechos pero no a partir de la docilidad, sino de la rebeldía: serían más creíbles si primero rompían el silencio con protestas contra cualquier injusticia. Una vez el penal quitó el derecho de visita como castigo gratuito, como alarde disciplinario. Todos golpetearon platos contra el suelo. Se hicieron amigos de los ladrones. Los ladrones acuñaron un lema: «Con el pueblo y los ladrones, al poder». Igual que los ladrones, los hermanos tenían su orgullo y su sentido del teatro, comedia a veces, otras veces drama. Cuando se reanudó el derecho de visita y entraron las compañeras, el hermano que parecía abogado gritó: «Mujer, sin ti nada es posible», y los ladrones aplaudieron a carcajadas.

¿Qué se podía hacer para someter a este seminario gris, sin tiempo? Las gracias se alternaban con las desgracias; y era preciso que así fuera; las desgracias hacían posibles las gracias, porque descargaban las conciencias de los carceleros: justificaban su sueldo golpeando, a veces torturando, y luego, curiosamente (para los hermanos), daban libertades que quizá nunca habrían concedido sin la justificación previa del acto de fuerza...

Aprendieron esto muy pronto. Al principio, para intimidar, los torturaban a todos. Lo llamaban el noticiero de las doce de la noche, todo eran preguntas y más preguntas sobre lo que fuera, los amigos, los padres, las novias... Los hermanos varones fueron cuestionados juntos. No los tocaron pero su verdadera tortura fue permitirles escuchar la voz de la hermana en una pieza contigua y ella sí sufría, lloraba y luego se callaba. ¿Se callaba para siempre?

Estaban en alas distintas del penal. Los dos hermanos, el Abogado y el Soldado, vivieron una noche angustiosa pensando en la Niña, ¿qué habría sido de la Niña? Hasta que a la mañana siguiente la oyeron cantar. Fue algo mágico: era como si la Niña hubiese descubierto, en la cárcel, el mismo principio acústico que rigió su vida infantil en la casa familiar; la muchacha había descubierto una manera de que su voz llegara hasta sus hermanos, cantando muy suave el bolero *Solamente una vez*. Pero diciéndoles en verdad la letra de otra canción: *No se preocupen. Estoy viva.*

¿Cómo se podían ver? Desde antes de que los detuvieran, tomaron una decisión: iban a pedir permiso para alfabetizar a los presos, en realidad para indoctrinarlos. Quizá los carceleros preferían juntar hombres y mujeres para enseñar y recibir instrucción, tenían una idea grandiosa del aula universitaria. Quizá temían a los grupos pequeños, susurrantes, de allí nacían siempre los complots...

No fue así. Siguieron separando los sexos. Ella les cantaba y ellos le contestaban con estrofas de Neruda y trataban de imaginar una manera más eficaz de comunicarse y el Soldado miraba la llegada del camión armado al anexo una o dos veces por semana hasta que fijó la regularidad del transporte: los miércoles siempre, a veces los viernes también.

La hermana cambió el tono del bolero, usó la música de *Bésame mucho* pero para enviar un mensaje cantado, habrá una fiesta infantil los domingos, los domingos cuando entren los niños, el costeño tiene una novia, la vino a ver, arreglemos una fiesta los domingos...

Ella lo propuso con gran inocencia y los carceleros sospecharon primero y esa noche allanaron la celda de los hermanos, repartiendo varillazos y puñetazos, acusándolos de robarse cuchillos, varillas, documentos, cepillos de dientes, hasta los planos de la cárcel los acusaron de robarse, por algo eran los hermanitos del comandante Aquiles, el guapo, el bonito, el Comandante Papito como empezaba a ser conocido...

Los dejaron tirados, adoloridos, sangrantes, pero cuando el Abogado metió la mano debajo de la almohada dura buscando un clínex para limpiarse la sangre de la cara, encontró un fajo de papeles tan duro como la almohada, lo sacó, lo extendió y los dos hermanos vieron el plano de la prisión, las alas para hombres y para mujeres y detrás, comunicado con la cárcel por un patio, el depósito de armas.

Diomedes también se enteró del camión con armas y bajó de la montaña a organizar el golpe.

Buscó una casa cercana a la prisión. Encontró una de aspecto clase media y persuadió a una pareja de médicos, marido y mujer, que procuraban vendas, antibióticos a bajo precio o robados de los hospitales de lujo donde no se llevaba cuenta de estas cosas, para que compraran la casa. Nadie sospecharía de una pareja profesional, con tarjetas de crédito y mesa reservada todos los sábados en un restorán francés. Además ya tenían pensado irse de Colombia y sólo los retenía la ayuda que le daban al grupo.

—Ésta es la mejor ayuda que nos pueden dar —les dijo el costeño—. Vale por todo lo demás.

Diomedes buscó también unos ingenieros amigos que hablaban una jerga iniciática, el nivel freático, la fuga de gases, no es posible... Para Diomedes todo era posible, se puso a sumar, dividir, multiplicar, interrumpiendo a veces su sudorosa operación con una risa alta y una exclamación: «Y pensar que en la escuela me rajaban en matemáticas». Dicen que fue el primer guerrillero con computadora, calculando cuánta tierra había que remover, cuántos hombres se necesitaban, cuántas armas cabrían por metro cuadrado, cómo ubicar un punto del arsenal que no era ciego, que no estaba bloqueado por las cajas de municiones...

Cada vez que querían un favor, primero armaban un escándalo con los demás presos y veían con risa la cara de terror de los guardias, su temor al ruido, su deseo de que todo pasara en silencio y a oscuras, con pocos actores, no con la multitud y en pleno día. No ha de ser así en todas las cárceles, pero así era en ésta y cada prisión es un mundo original, más que una calca. Los visitó el padre Filopáter y recordaron la fábula de la caverna de Platón. Pero ¿cuál era verdad y cuál proyección, las formas de la calle o las sombras de la cárcel?

Obtuvieron la concesión de la fiesta infantil cada domingo. Los padres, amigos, esposos o compañeros de los presos podían traer a los pequeños a ver los títeres, escuchar las canciones y reírse con los presos disfrazados de payasos. Era la única ocasión en que los hermanos podían verse, cada hombre disfrazado de payaso, y la mujer, de Pierrot: convenció a los carceleros de que ése era el traje apropiado para una payasa...

Todo se concertó para la Nochevieja. Diomedes organizó una fiesta en la casa comprada por los doctores, de cuyo sótano salía el túnel construido a lo largo de tres meses. Los hermanos de Aquiles organizaron la fiesta de Navidad para los niños en el patio de comunicación entre las cárceles y el depósito, porque allí había dos pinos que se podían arreglar con escarcha, bombillas, luces de colores y una estrella de Belén...

Se juntaron los presos y los guardias a mirar el espectáculo, los topos de Diomedes toparon con el piso de la armería, lo rompieron al mismo tiempo que desde el patio llegaban los ruidos festivos de matracas, altavoces, música, la gritería de los payasos, la batahola de las marionetas, las risas estruendosas de todos, presos y guardias, actores y espectadores, mientras más de cien hombres sacaban más de cinco mil fusiles y mil bazucas, en una cadena del depósito de armas a la casa de los médicos y de allí a las camionetas estacionadas en el barrio... Estallaron los fuegos artificiales, iluminando como a una ballena anclada la mole de la prisión y el depósito de armas, llenando de terror a una muchacha embarazada que insistió en manejar una de las camionetas que salieron esa misma noche hacia las caletas de la guerrilla en Bogotá, Medellín, Cali y Santander...

Los médicos ya se habían ido de Colombia tres días antes. Diomedes dejó pintada una pared dentro del depósito de armas. «Feliz Navidad con armas para el Pueblo».

Los hermanos le dijeron a Aquiles:

—Te vamos a acompañar en el camino.

9

Algo no cambió. Fueron las palabras de la madre, ahora fortalecidas por las convicciones del padre. Tenían un ideario político común, aunque ella era liberal y él, conservador, ella era chilena y allí había democracia en serio, partidos, prensa, centrales obreras, la sociedad podía expresarse, aunque hubiese desigualdad, injusticia, era posible luchar contra ella. El padre decía que en Colombia también era posible la democracia, había partidos, elecciones, nada más había que depurar el proceso, era todo. Y ambos creían en las cosas fundamentales, la persona humana tiene derechos, dados por Dios, decía el padre, no, ganados por los hombres, decía la madre, no te pueden arrestar sin causa, no pueden privarte de la vida y de la propiedad, no te pueden torturar... Eran gente civilizada.

—Han invitado a cenar al general Araujo —dijo Aquiles.

—Es un viejo compañero de armas, amigo nuestro —le contestó el padre.

—Es un canalla, un torturador...

—¿Tienes pruebas?

—Sus víctimas. Torturó a la hermana de un compañero nuestro.

—No creas todo lo que se dice. Hay mucho rencor en este país, mucho desquite, muchas cuentas por cobrar. Ten cuidado en no confundir la venganza con la justicia.

—A mí me basta la sospecha.

—No, no basta. Nadie es culpable si no se prueba.

—¿Todos somos inocentes?

—Salvo prueba, te digo, hijo...

—Victor Hugo escribió que la Constitución colombiana era tan perfecta, que era una Constitución para ángeles. Mi mamá y tú son eso, un par de ángeles inocentes soñando con el Documento celestial.

—Prefiero pecar por el lado bueno que por el lado malo.

Eran gente buena, civilizada. Él y sus hermanos vigilaron toda la noche la cena para el general Araujo. Todo se escuchaba en la casa, pero querían verlo para memorizarlo, su cabeza calva como un melón, sus cachetes brillantes, como si fueran zapatos y les diera grasa antes de salir a la calle. Los ojos perdidos en la masa de carne color café con leche, la nariz husmeante, incontrolable, la voz amable. Los recuerdos de los estudios juntos, de las misiones cumplidas, de la honorabilidad de las fuerzas armadas, conversaciones de niños y perros y casas y viajes, ni una sola palabra fuera de tono, una educación inmaculada... ¿Será cierto lo que les contó sobre él Anselmo Galván, un compañero en la universidad jesuita? Cierto o falso, la tolerancia era la religión de estos ángeles, sus padres.

—¿No hay algo despreciativo en eso? —preguntó el segundo hermano.

—Claro que sí, tolerar es como decir, qué le vamos a hacer, eres bizca y feíta, pero como no tengo otra, yo te quiero... —dijo el tercer hermano.

—Es un desperdicio, tolerar. La intolerancia puede que sea peor, pero al menos es activa. La tolerancia me parece pasiva —dijo el segundo hermano.

—Pregúntaselo a un negro norteamericano —dijo la hermana—. Seguro prefiere que lo toleren a que lo linchen.

—Hay que amar, amar activamente, dejar atrás la tolerancia y la intolerancia para hacer eso, sólo: amar —dijo Aquiles.

—¿Incluso al general Araujo? —preguntó el segundo hermano.

—Hay que querer a los viejos —dijo el tercer hermano—. No todo el mundo tiene papás como los nuestros, carajo. Son honestos. Son educados. La mamá es maestra y les entrega todo a sus estudiantes. Oye, ¿has visto un papá militar que ande leyendo a curas franceses existencialistas? Mientras vivamos en su casa, tenemos que respetar a sus amistades.

Todos se rieron, está bien, les perdonamos la vida a los viejos, nos felicitamos de tener padres así, que crean en la democracia, que sean tolerantes, que lean al padre Teilhard de Chardin, que nos manden con los jesuitas, donde todos nosotros, los cuatro hermanos varones, potenciamos nuestra educación familiar, tomamos de los jesuitas la razón implacable, la lógica inmisericorde para aplicar los métodos que sean necesarios a fin de alcanzar las metas que deseamos. Todo modo es bueno para alcanzar los fines de Dios y la salvación de las almas.

Como Loyola mismo, el padre Filopáter se paseaba en movimiento perpetuo por los corredores de la escuela, libre, con camisa de manga corta y unos escandalosos bermudas color fresa, descalzo a veces, a veces calzado con sandalias de cuero oloroso a toro sacrificado, seguido de los cuatro hermanos ávidos, ellos que eran gente decente pero sin peculio, ellos que estaban allí gracias al sacrificio de padres honrados que pudieron enriquecerse debido a la corrupción admitida y no lo hicieron, que les dieron toda esa fe, democracia, derechos humanos, justicia social, y ahora el padre Filopáter refinaba, fortalecía, clavaba clavos en la carpintería de la convicción juvenil, atornillaba tuercas en la máquina de la razón adolescente, tan ávida, tan segura de sus poderes y de su inmortalidad, pero tan indefensa frente a la muerte real, inesperada, del cuerpo o del alma, tan vulnerable porque cree saberlo todo y cae herida cada vez que descubre lo que no sabe. Era un torbellino este padre Filopáter, guayaquilero por más señas («¡Hermano mío! —se rio Diomedes al oír esta historia—, ¡somos una cofradía invencible los costeños!»), pero por ello mismo obligado, como los veracruzanos en México, los maracuchos en Venezuela o los cariocas en Brasil, a adaptarse a los modos de las mesetas rectoras, retorcidas, maquiavélicas, colegiadas, masónicas, que son el cogollo de la identidad y los semilleros ácidos del poder en América Latina: Guanajuato en México, los Andes en Venezuela, Minas Gerais en Brasil. La ventaja del jarocho, el maracucho o el carioca es que posee las armas del humor, la malicia y la ternura necesarias para potenciar la maldad, la solemnidad y la frialdad del guanajuatense, el andino o el mineiro. Lo mismo sucedía en Ecuador o en Colombia: Guayaquil necesitaba imponerse a Quito, y Barranquilla a Bogotá, sin dejar de ser costa.

Filopáter bromeaba sobre su nerviosa pequeñez física y el destino que Dios le dio, marcándolo con una pronta calvicie adolescente que le formó, desde los dieciséis años, una tonsura eclesiástica en la coronilla: cura eres, de ésta no te escapas, Filopáter. Compensaba todo lo que le faltaba (y que, los hermanos estaban seguros, no necesitaba, quizá sus carencias le molestaron un día, ahora ya no: las ideas y las palabras las llenaban para él) y evocaba para sus discípulos los sacrificios de san Ignacio, como ellos un aristócrata, de buena cuna, que todo lo dejó para cambiar sus vestimentas con un mendigo, hacerse peregrino e ir a Roma sin más capital que la limosna y la fe en la providencia divina. Loyola, que aplazó, fíjense bien, muchachos, que aplazó su vocación sacerdotal para educarse primero, alargar sus estudios hasta tener la seguridad de decirle a la cristiandad apostólica y romana: no hay cristianismo sin cultura, pendejos, la fe, la piedad, todo eso es muy bueno, pero una clerecía iletrada y reaccionaria no hace la tarea de Dios. Ni siquiera la tarea del diablo, sino algo peor: se sume en la indiferencia, la acedia definida por santo Tomás como lo contrario a la facultad volitiva, semejante a la voluntad de Dios porque en Dios hay voluntad porque hay pensamiento...

El cura Filopáter los martilleaba con estas ideas de disciplina, trabajo, educación, libertad, exponerse a ir contra la corriente, como san Ignacio de Loyola, acusado al principio de herejía, encarcelado, escandaloso porque exigía informalidad, movimiento, prácticas nuevas para la Iglesia, abandonar penitencias absurdas, salir al mundo, transformarlo, pero con una clara y rígida concepción del orden deseado.

El padre hizo que los hermanos leyeran a san Agustín, porque allí un buen católico latinoamericano entendía para siempre que por mucho que haga nunca podrá hacer nada sin la ayuda de la institución eclesiástica. Dejado a sus fuerzas el católico no alcanza la gracia de Dios, necesita siempre, siempre, a la Iglesia...

Cómicamente, el padre Filopáter se despojaba de sus sandalias apestosas con dos paraditas y exclamaba:

—Cuidado con la herejía pelagiana contra la cual luchó toda su vida el santo de Hipona. No es cierto que la gracia de Dios sea tan abundante que nos permita recibirla libremente. Hace falta la Iglesia, nada sin la Iglesia, muchachos, recuérdenlo, sean libres y audaces, pero dentro de la Iglesia, siempre...

Giró sobre sí mismo. La ropa le quedaba grande.

—Nuestra lucha es la de Agustín contra Pelagio, que fue, ¿qué cosa fue?, un Lutero sin fortuna. Cuídense de caer en el protestantismo, es muy fácil porque el mundo moderno es protestante. Lutero y Calvino son los papás del progreso moderno. Nosotros somos los guardianes del cristianismo antiguo, sin el cual no habría progreso alguno, ¿ven? Santo Tomás dijo que las tasas de interés son el peor pecado contra el Espíritu Santo, muchachos, hermanos, resérvense, sean parte de un catolicismo nuestro, latinoamericano, tomista, agustiniano, que no cree en la virtud de exprimirle quince centavos a un peso. ¿Ya? —Filopáter respiró—: Porque el protestantismo es la cristiandad capitalista, todo católico capitalista es protestante sin saberlo, es banquero, mercader, agiotista, que le escupen a la cara al Espíritu Santo todas las mañanas al abrirse la Bolsa y todas las noches al contar, avaros, sus pesos, son los hijos de Pelagio el hereje y de Lutero el diablo...

Les echaba a Loyola, a san Agustín, a santo Tomás de Aquino.

—El bien común es el valor más grande de la vida en sociedad. Pero igual que la gracia, no se consigue solitariamente. Que cada una de las acciones que les predico, muchachos, se encauce dentro de la disciplina de la unidad cristiana. Unidad para alcanzar el bien, y unidad bajo la conducta de un solo hombre que nos lleve juntos al éxito. Nuestro santo padre, el papa en Roma, infalible...

¿Había una especie de guiño en las palabras del padre Filopáter, un dogmatismo que incitaba a la rebelión?

Esto se dijeron entre sí, con otras palabras, los hermanos, como si Filopáter les dijese, no se contenten con escuchar lo que les digo, tampoco me contenten por negativismo.

—Lean lo consagrado. Pero no repitan los viejos errores sin ganar las nuevas virtudes. Apártense del elogio fácil.

—¿Y si no vemos a Dios, cómo creemos en él?

—No ven a Dios porque es diáfano —Filopáter se negó a mirar al cielo: miró a los hermanos.

—¿Y si no creemos en Dios?

—Crean en el mundo —concluía Filopáter, antes de recomendar—: Lean a Spinoza —seguido de un mutismo súbito y un alejamiento acelerado.

¿Qué importa más: la autoridad o la verdad?, les dijo Aquiles a sus hermanos.

¿El celo o la rabia? ¿Ser infalible o ser inaccesible? ¿Creíble o increíble?

—Es cierto porque es increíble —definió Filopáter la fe, con gran ortodoxia.

—La fe es voluntad, es acción —decían a coro los hermanos.

Filopáter se contentaba con responder que él sólo enseñaba el pensar de otros.

—Es cierto porque es absurdo, pero aprende a perdonar.

—¿Y cuando el jefe, a cambio de la unidad, viola nuestros derechos? —le preguntaba Aquiles a Filopáter.

—Buen punto, muchacho. Entonces hay que ejercer el derecho a la rebelión, que también es un derecho divino. Unidad y monismo del poder, de acuerdo, fíjense, pero sólo para lograr el bien común. Si no, la unidad se vuelve opresión y el gobierno de un solo hombre, tiranía. Entonces hay que rebelarse.

Caminaban rápidamente alrededor del patio del colegio, tratando, los hermanos, de seguirle el paso nervioso al padre Filopáter, y no sólo el paso físico, sino el paso intelectual, excitante, desbocado, a veces atropellado.

—¿Qué cosa les preocupa más sobre nuestra santa religión? —les instaba, rascándose la tonsura natural del cráneo.

—No hay ningún cristiano que no haya notado una cosa —habló Aquiles—. ¿Por qué permite Dios el mal?

—Porque Dios cree en la libertad.

—¿Incluso la libertad para hacer el mal?

—Claro que sí. Si Dios no existiera, nada estaría permitido. La naturaleza se impondría totalmente a nosotros, esclavizándonos, ¿no se dan cuenta?, sin Dios no habría margen de libertad, ni para el bien, ni para el mal. Seríamos piedras, árboles, agua, bestias, y no nos haríamos estas preguntas que nos hacemos... Dios nos dio la libertad para hacernos seres morales que a cada paso deben escoger entre el bien y el mal.

—A veces se me ocurre que hay dos dioses, uno bueno y uno malo, uno que creó un mundo natural hermoso, padre, y otro que sólo quiere emponzoñarlo.

—Dios es uno —contestaba Filopáter— y su don es la libertad. Podemos hacer lo que queramos. Si no pudiéramos hacer el mal, nuestro bien sería el bien del eunuco espiritual, sin valor, sin combate...

—No entiendo. ¿Qué ganamos con hacer el mal? ¿Probar que somos libres, nada más?

—¿Te parece poco?

—Me parece absurdo.

—Es la mejor definición de la fe, ¿sabes? Ya te lo dije, muchacho, es cierto porque es absurdo.

—¿Por eso tolera la Iglesia a los Borgia, los escándalos financieros del Vaticano, los papas que viven en amasiato o que son maricones...?

—No seas tan machito —se rio Filopáter en las narices de Aquiles—. No, para nada de eso. La Iglesia, mediante su propia imperfección, nos hace conscientes de la nuestra y nos invita, nos invita, fíjense ustedes, a compartir la caída. La Iglesia no puede ser ni maniquea ni farisea, ni divide el mundo en buenos y malos (como los protestantes) ni es un sepulcro blanqueado (como los burgueses).

—Entonces hay que ser un rebelde todo el tiempo, sin descanso, padre.

10

Fue cuando el otro padre, el padre de ellos, el almirante, fue a sacarlos de la universidad jesuita, nada más le dijo al padre Filopáter:

—Yo le entregué a cuatro muchachos católicos, apostólicos y romanos, y usted me ha devuelto a mi casa a cuatro comunistas.

Se miraron directamente, el papá y sus cuatro hijos varones, sin pestañear, sin entenderse entre sí, sin saber en realidad, ni ellos ni él, cómo las enseñanzas del padre jesuita se convirtieron en convicciones marxistas, cómo al aplicar las ideas aprendidas en la escuela católica a la realidad del mundo extramuros, cada artículo de fe religiosa se iba convirtiendo en artículo de fe política, la rebeldía encauzada en un partido de los pobres, el bien común pero guiado por un líder máximo, la salvación dentro del partido, la necesidad del jefe y el partido para lograr la justicia, la salvación...

—Pero ¿cómo es posible que tú, un hijo mío, un muchacho decente...?

—Lo que tú nos enseñaste, papá...

—Yo no te enseñé nada de esto, yo no pude enseñar...

—Tú y mi mamá nos educaron en esos ideales. Hoy tu hijo se rebela contra la injusticia social.

—¿Quién nos manda, eso nos dices a tu madre y a mí? ¿Quién nos manda haberlos educado bien?

—Muy bien. Voy a ayudar a crear una izquierda democrática en este país. La élite colombiana no ha cumplido con su deber. Nos ha dejado sin opciones.

—¿Matar, ésa va a ser tu opción? ¡Qué infantil!

—No me juzgues, padre.

—Tú me juzgas a mí. No seas injusto.

—No, juzgo a tu clase, a tus partidos, la mamá liberal, tú conservador, no sirve de nada. No nos han dejado más opción.

—Mejor estudia y prepárate —dijo vencido de antemano, lo sabía, el padre.

—¿Por qué en este país toda protesta ciudadana es subversiva? ¿Por qué nadie sabe darles salida política a los conflictos? ¿Hay que ahogar los problemas, no es necesario abrirse y darles canales?

—Claro que sí. Por eso no entiendo tu decisión. No la entiendo, hijo. La guerrilla siempre estará allí, esperándote. Edúcate primero...

—Ustedes han convertido la guerrilla en una parte necesaria de nuestra educación. Déjame pasar esa prueba.

—No rompas tu propia cadena evolutiva. Ten paciencia, hijo, piensa más; todo evoluciona, somos parte del universo, todo cambia y cambia caminando hacia el espíritu. No tuerzas el camino espiritual, no mates...

—Que no me maten a mí, es lo que te importa. Gracias.

—Nada ha llegado a su fin, nadie ha dicho su última palabra. Mira lo que dice el padre Teilhard, hay un Cristo cósmico que nos espera, en el cual la humanidad entera se congrega, y la materia se vuelve espíritu...

—Voy a contribuir a eso, no te preocupes.

—¿Matando?

—Creando una sociedad mejor.

—Siempre habrá sociedad y siempre habrá injusticias. Incluso en la sociedad que tú y tus amigos hagan.

—Entonces lucharé contra las injusticias que yo mismo cree o no sepa impedir, papá. Y espero que mis hijos hagan lo mismo.

—No mates. Por favor. No mates. Ríete de todo lo que te pido, llámame cobarde, anticuado, pero toma en serio esto: no mates.

—Eres militar, con respeto te lo digo, ¿cómo te atreves...?

—Cómo te atreves tú, pendejo, malagradecido, inconsciente...

—Araujo merecía la muerte.

—Eso es terrorismo, es anarquía, es confusión. Era mi amigo. ¿Por eso lo hiciste, para ofenderme, como símbolo de tu independencia, qué?

—No fue el único. Un líder obrero que traicionó a los trabajadores. El gerente de una empresa norteamericana. El embajador de Somoza. Secuestrados, pero liberados si nos pagan el rescate para comprar armas.

—No te quedes corto. Asaltos, robos de armas, robos de bancos... No te arrepientas un día de haber escogido una vida indigna de nuestras esperanzas.

No todos los hermanos están de acuerdo. No todos los hermanos estuvieron de acuerdo. El segundo le dio la razón al padre, había que luchar por esa evolución en la que el viejo creía, había que agradecerle al padre que leyera seriamente, espiritualmente, en el seno de un hogar lleno de valores distintos pero buenos, hermano, en eso estarás de acuerdo, aquí en esta familia nadie tiene ideas odiosas. Alegó que todos eran parte de una cultura católica, del espíritu, y tenía miedo de que la época, carajo, la moda y dos veces carajo, las injusticias y crueldades de la Iglesia misma los llevasen a trasladar los dogmas eclesiásticos a los dogmas marxistas. No, dijo el tercer hermano, Aquiles tiene razón, los partidos nos han dejado sin más salida que la guerrilla, no es posible seguir de fraude en fraude electoral, ¿hasta cuándo se le va a extender crédito a un sistema que nunca lo ha merecido? ¿Corrupción e impunidad para siempre? No, hace falta un *hasta aquí*, pero yo sí tendría cuidado de que la guerrilla no pierda la libertad, hermanos, que no se rebele contra el autoritarismo y acabe creando su propio autoritarismo y justificándolo como el padre Filopáter para obtener el bien común.

—Hemos vivido en un hogar lleno de valores distintos pero buenos —repitió el segundo hermano—. En eso debemos estar todos de acuerdo; aquí en esta familia nadie tiene ideas odiosas...

—A la hermana de nuestro compañero Galán, sólo por la sospecha de haberles dado refugio a los guerrilleros en su finca, la violaron primero, le exigieron que confesara su pasado izquierdista, ella dijo que la única izquierda que conocía era su propia mano, entonces se la cortaron, le metieron su propia mano cortada por la vagina, la dejaron desangrarse y Araujo todavía se la cogió, alternando la mano cortada y su propia verga, mientras agonizaba, diciéndole a la oreja: ahora sí, mona, ahora sí vas a irte al cielo pero habiendo gozado a un macho de verdad, ahora sí que tienes un pasado izquierdista, pero yo te doy un futuro derechista, muérete pensando que un general te dio tu último placer...

No ordenó este crimen. No sucedió sin que él se enterara. Lo cometió él mismo. Y luego vino a sentarse a casa de ellos, de los cuatro hermanos, a hablar con los padres de perros y viajes y bailes y el honor del instituto armado.

Todos le dieron su apoyo a Aquiles. La hermana los escuchó desde la puerta y entró llorando, abrazó a Aquiles y le dijo que ella también, yo también...

«Aquí nosotros decidimos quién es o no es comunista», le dijo Araujo a la muchacha muerta.

—Que nos llamen lo que quieran. Estamos contigo. Te seguimos a donde vayas —le dijeron sus hermanos el día que Aquiles le dio un tiro en la cabeza al general Araujo.

11

El coronel Moose lo reportó al alto mando colombiano, sin inquina personal, sino como asunto común y corriente de seguridad. ¿Eran o no leales los oficiales colombianos adscritos a la Junta Interamericana de Defensa y sus secuelas: las escuelas antiguerrilleras?

El general Adalberto Nogares era una mezcla de figuras del Greco y Fernando Botero. Su rostro escuálido, verdoso y macilento como el de un cardenal toledano cuadraba mal con la obesidad del cuerpo que se desarrollaba al sur del pescuezo. Sentado enfrente de su mesa de trabajo, labrada preciosamente con maderas del país y estilo dieciochesco, el general Nogares parecía el retrato de una espiritualidad perversa pero sufriente. Su alma se rebelaba contra lo que tenía que hacer. Y lo que tenía que hacer era salvar a las almas de la tentación del maligno. El diablo, sobra decirlo, recibía órdenes de Moscú y en vez de corazón tenía una hoz y un martillo clavados dentro del pecho. Sólo al incorporarse el general se desvanecía la ilusión toledana para dar lugar a una masa amorfa y glotona que mal cabía en el uniforme diseñado, acaso, para cuadrar con la cara pero no con las nalgas del militar.

—No lo entiendo. Usted es conservador.

—Ya sabe que mi filiación partidista nunca se ha impuesto a mi sentido del deber, mi general.

—Si no lo sabremos. Ha sido usted un modelo.

—Y les he servido. No hay tantos modelos que digamos.

El general meneó un dedo gordo:

—Oiga, oiga, que la soberbia no es una virtud... y usted es un niño bueno.

—Usted dirá si por lo menos tengo derecho al orgullo y a considerarlo inseparable del instituto armado.

—Bravo, bien dicho. Pienso igualito que usted. Pero tengo más experiencia, también.

—Entonces estará de acuerdo conmigo en que en un país donde la Iglesia, el Estado y los militares deberían ser los pilares no sólo del orden, mi general, sino del desarrollo mismo, la pérdida de autoridad moral de la Iglesia y el fracaso del Estado nacional para mediar conflictos y representar a todas las clases nos han dejado con una sola institución fuerte y es esta a la que usted y yo pertenecemos...

—Pienso igualito que usted, mi querido amigo. Nadie le hace caso a la Iglesia porque la Iglesia no se hace caso a sí misma. ¿Hubiera usted sido tan buen católico, como sin duda lo es, de no haber escuchado la misa en latín? ¿Cómo puede creerse en un Dios que habla español con acento caribeño, como cualquier vendedor de helados en Barranquilla? Juan XXIII ha de haber sido comunista, y traernos a los obispos rojos a Medellín fue un insulto para Colombia. Otra vez la misa en latín, y pronto, mi amigo, o todos nos vamos a hacer ateos... o lo que es peor, protestantes.

El padre de Aquiles sonrió a su pesar y el general se sintió autorizado a lanzar una carcajada.

—Piénselo bien, verá que tiene usted razón y yo también. Somos la única institución fuerte porque somos los únicos que podemos combatir el comunismo.

—Allí es donde diferimos, mi general. No habría un solo comunista en Colombia si hubiera más escuelas, caminos y hospitales...

—Es usted un buen hombre, pero el enemigo no va a tener la santa paciencia de esperar a que se construyan, ¿cuántas escuelas, dígamelo usted, una, tres, tres mil?

—Ni una sola, si el ejército insiste en dar golpes de Estado y desbaratar el orden constitucional cada equis tiempo...

—No sea ingenuo, amigo. Los golpes en Colombia los da el ejército no porque quiera tomar el poder (nosotros no somos ambiciosos, Dios nos libre) sino para impedir que la clase política lo pierda.

—Insisto: resuelvan los problemas sociales y no perderán nada. Todos saldremos ganando, mi general.

—Qué bueno que ya se va a retirar usted, mi distinguido amigo. Su piedad franciscana es conmovedora. Pero yo le digo directo, sin engaños, que el ejército colombiano necesita una zona privilegiada y exclusiva para su actuación. Esa zona es el combate contra la subversión. Es la única zona en que no admitimos competencia. Allí sólo intervenimos nosotros. ¿Cree usted que construyendo escuelas y hospitales los gringos nos hubieran dado sesenta millones de dólares, nada más entre 1961 y 1967 y nada más para la contrainsurgencia, sin hablar de cien millones para adquirir equipo militar?

—¿Y a la larga, señor general...?

—Como dijo no sé quién, a la larga todos estaremos muertos y enterrados... Como lo están hoy todos los principales jefes insurgentes habidos después de la muerte de Gaitán. No queda ni uno solo.

—Vendrán más mañana. No lo dude usted.

—Mañana está muy lejos. Hoy, Colombia tiene el privilegio de ser la cabeza de lanza de un LIC sudamericano.

—¿Un qué?

—¿Usted no entiende inglés?

—Como dicen los toreros andaluces, ni lo mande Dios.

—LIC, *Low Intensity Conflict*. Los Estados Unidos dominan militarmente la América Latina sin disparar un solo tiro o sacrificar a un solo *boy* norteamericano.

—Eso sí que sería impopular en los Estados Unidos. El Congreso podría retirarle fondos al Pentágono. El presidente podría perder la reelección. Eso sí que no lo podemos tolerar los colombianos.

—Qué bueno que me entiende. Y, le repito, qué bueno que se retira... —y entre dientes murmuró—: Éste nunca se graduó de *boy scout*. ¿Cómo se dice en español?

Salió el padre culpándose por no haberle dicho a su superior: «Tiene usted razón. El deber de un buen ciudadano colombiano es ser un buen ciudadano gringo, no un buen ciudadano colombiano. Dispense usted».

Afuera, había un aire de fiesta bullanguera. El militar retirado no quiso averiguar el motivo de la alegría; sobraban santos en el santoral, héroes en las plazas, batallas en los textos escolares, bautizos, cumpleaños, bodas, pretextos para la pachanga y algo más: un deseo de vivir a pesar de todo, a pesar de la muerte... No se conocían, pero cruzaron miradas. El padre de Aquiles y Diomedes bailando en un entierro, diciendo en voz alta, al son de la cumbia, «lo rico que es estar ya enterrado», y los chiquillos bailando, los deudos bailando, las flores estallando, el muerto descansando...

12

Y ellos, los cuatro revolucionarios, ¿quiénes eran, a qué árbol genealógico pertenecían?

Sufrieron un momento de confusión, confundida, a su vez, con el encuentro de las rebeliones más antiguas encarnadas en los colombianos más jóvenes, se olvidaron de sus nombres y en vez se presentaron con los de sus propios pasados revolucionarios en silencio, como si éstos pudiesen evocar la simpatía, la fraternidad de la avanzada de niños salidos de la montaña a recibirlos. Se presentaron en nombre del primer foco revolucionario de San Vicente de Chucurí y el Ejército de Liberación Nacional. Se presentaron como hijos de Camilo Torres, el cura rebelde muerto en el 66. Se presentaron, en fin, como ellos mismos, pero hasta esa verdad sonaba falsa aquí, en esta hora del encuentro con la cruzada de los niños, la escena medieval, el abrazo primario, que aquí se efectuaba: su propia filiación les pareció sospechosa, incompleta, emocionante, todo junto: no tenían derecho a decir nada, a hacer nada sino dejarse guiar por los niños vestidos de dril, tocados por gorros de estambre deshebrados, blandiendo banderines colorados: habían entrado a la más vieja familia de la tierra, ya no sabían quiénes eran, tenían que empezar otra vez, ésta era quizá la verdadera revuelta, el bautizo que les esperaba; ahora sí podrían ser, renovados, recién paridos, el alegre Diomedes, el ensimismado Pelayo, el dubitativo Cástor, el vulnerable Aquiles. Se habían encontrado con la cruzada de los niños.

Esa noche, Aquiles pidió reposo. Un ataque de disritmia cardíaca le afectó primero, mero preámbulo del episodio epiléptico que sobrevino más tarde, al amanecer, cuando Diomedes le metió una de las varas de la cruzada infantil entre los dientes y Aquiles, temblando, creyó que de verdad estaba naciendo de nuevo sólo que esta vez él nacía de sí mismo, Aquiles de Aquiles, al fin tocando la tierra de la montaña pero con un talón herido, violable, el talón que jamás se hundió, como el resto de su cuerpo, en las aguas del río Magdalena recorrido por la fiera rebelde de María Cano, la bautista que en vez de santos quería que los niños se llamaran Libertad y Progreso.

13

«No quiero olvidarme de cómo es un cuerpo de mujer», dijo durmiendo en voz alta Pelayo y los otros tres jefes se miraron entre sí; Cástor estuvo a punto de despertar a Pelayo; Diomedes hizo una seña que no, el amigo se daría cuenta de que lo miraban dormir, quizás a Pelayo le gustaría despertar y encontrarse una mujer a su lado, no a tres vagabundos mal rasurados. Era una noche de libélulas súbitas y los tres se quedaron pensando, ¿en qué mujer pensaría Pelayo al dormir, tan reservado él, tan puro, él que nunca había contado una historia de faldas, él que nunca había caído en la tentación de dárselas de tenorio, el donjuanismo aceptado, inevitable entre hombres; Diomedes o el Fundidor, Aquiles y las chicas que se lo disputaban en los bailes...?

Cástor hizo una mueca dolorosa. Amalia era una muchacha morena clara, con el pelo estirado para que la luz le cayera mejor en la frente amplia y la cola de caballo revelara una nuca maravillosa, verdadero pedestal de su belleza morisca, andaluza, africana; era la mezcla de todos los tonos morenos, sin una sola concesión a la monotonía, como si el negro fuese (o ella supiera convertirlo en) el color que los contiene a todos los demás... Lo primero que conoció de su cuerpo fue también lo primero que tocó: la mano de Amalia cuando Cástor alargó la suya en una estantería de la librería Buchholz de Bogotá y ambas manos se posaron sobre el mismo lomo, *Rayuela* de Julio Cortázar, los dos rieron al mismo tiempo, él le cedió el libro a Amalia, ella dijo no, no, usted lo tocó primero, él dijo yo sólo toqué sus dedos, el libro es suyo, ella que no, él que sí y él riendo al cabo, es que yo no pago por el libro y usted sí, hágale ese favor al señor Buchholz...

Era un alemán bonachón y alerta que miraba el mundo por encima de sus espejuelos de fabricante de juguetes bávaro y eso eran en cierto modo sus libros, golosinas, tentaciones, muñecas adorables, marionetas incontrolables: no había librería más variada y abundante en Colombia, aquí se habían surtido varias generaciones de jóvenes, pero sobre todo esta de Pelayo y Cástor, Diomedes y Aquiles, que fueron los que realmente asociaron la lectura a la revolución, haciendo una incomprensible sin la otra, aunque sus libros no eran las pesadas teologías del pasado marxista, sino novelas y poemas, Neruda y Vallejo, Borges y Cortázar: ahora, en la montaña, sabían que lo mejor de sus mochilas eran estos libros tomados de Buchholz...

—¿Tomados? —se rio Amalia.

—Qué pena. No me mires así —sonrió Cástor, aventurando el tuteo—. Robados, si quieres ser brutal —y añadió apremiado—: El viejo lo sabe y nos deja hacer. Sabe que no somos ladrones. Quizá piense que, indirectamente, somos los mejores agentes viajeros de su librería.

—Entonces tómalo tú.

—No. Tú lo vas a pagar. Hazle ese favor al viejo Buchholz.

—A condición de que lo leamos juntos.

Lo que Cástor y Amalia descubrieron leyendo juntos *Rayuela* fue qué cosa era vivir en una ciudad para un latinoamericano, qué cosa misteriosa y artificial era una ciudad en un continente todavía devorado por la selva y la pampa, cómo había que tener imaginación y lenguaje para vivir en una ciudad y merecerla, fuese Buenos Aires o Bogotá o México. Las ciudades eran amorosamente temibles porque nos daban amparo pero también podían sofocarnos, impedirnos la salida...

—Los devoró la selva —dijo Amalia, parafraseando la frase final de *La vorágine* de José Eustasio Rivera, quizá la despedida más famosa de toda la literatura latinoamericana.

—¿Encontraría a la Maga? —dijo entonces Cástor, citando la frase inicial de la novela de Cortázar, y los dos se entendieron, no iban a ser tragados por la selva, iban a buscar juntos un misterio, una brujería, un hechizo, una maga que a ellos les correspondía imaginar para ser, pues, dignos de su ciudad, dignos de sus vidas. Y de su amor nacido entre dos estanterías de Buchholz en la avenida Jiménez de Bogotá...

También en Bogotá, Pelayo conoció a Agustina. Era una mujer muy blanca con el cabello muy crespo y unos ojos de pena disimulada. Pequeñina y con un busto muy generoso, no fue a ella a quien vio primero, caminando bajo el alero de la vieja casa donde vivía el viejo tío, seguidor de Jorge Eliécer. Vio, o creyó ver, al gamín que salió como un espectro de la noche subterránea a robarle su reloj el día que Pelayo llegó a Bogotá. ¿Le mentían sus propios ojos? Bajó como un relámpago, en zigzag, las escaleras del altillo a la calle, corrió detrás de la mujer, la detuvo, miró al niño: eran indistinguibles, con las caras mugrosas, las manos inquietas, las gorras de estambre, los suéteres desgarrados... Pelayo se excusó, se había equivocado... No, se rio ella, ya encontramos un papá para este pillete. ¿Dónde había aprendido ese vocabulario: pillete? Se dio cuenta, a la primera zeta, que Agustina era española, madrileña —toda esta información ella se la comunicó enseguida a Pelayo para mantener su estatus—, y trabajadora de la asistencia cristiana auxiliadora a los niños de las atarjeas de Bogotá...

«Ya cállate —le dijo Pelayo en silencio—. Eres demasiado linda».

Luego le confesó que por un minuto creyó que ella se había atrevido a hacer lo que él no tuvo el valor de tomar: la mano de ese niño, para adoptarlo, hacerlo suyo.

—¿Por qué no lo hiciste?

—Me dio miedo la responsabilidad.

—¿Tanto te cuesta hacerte responsable de alguien? —le dijo la madrileña con una mirada de reproche personal, casi un «¿y yo, qué?», pero no, dijo él rápidamente, no era eso, era que él tenía miedo de depender del niño—. Te entiendo —dijo ella con seriedad—. Crees que les hacemos el gran favor y la verdad es que ellos son quienes nos adoptan y protegen. Es verdad. ¿Por qué no lo hiciste?

«Me voy al monte. Voy a inventar la revolución», estuvo a punto de decirle con una risa forzada Pelayo, recordando un corrido de la guerra cristera de Jalisco que le gustaba cantar a García Márquez.

No se atrevió a decirle: «Me voy al monte un día. Me voy a inventar la revolución», porque al conocer a Agustina la mujer lo desplazó todo, los libros, la política; ocupó el espacio entero de la existencia de Pelayo y su tío, el viejo que nunca quitaba la mirada del sitio donde cayó Eliécer Gaitán, ahora sí que movió la cabeza y miró a su sobrino con una chispa de complicidad y humor en los ojos, aprobándolo...

Se casaron muy pronto y Pelayo pasó noches de una pureza desacostumbrada, él que sólo asociaba la pureza con la revolución y no esperaba encontrarla en el abrazo de cada noche con Agustina en un lecho desordenado, invadido por algo más que los cuerpos de los amantes, por los cinco sentidos de cada uno de ellos, el sabor, la mirada, el oído, el olfato, el tacto de Agustina eran y no eran los ojos, orejas, lengua, la nariz y las yemas de los dedos de Pelayo...

Sólo cuando oía o adivinaba estos pensamientos de sus compañeros, Diomedes perdía su personalidad habitual, dejaba de ser entusiasta y alegre, le caía encima una nube que, los demás lo entendían entonces, le acompañaba desde siempre, desde lejos, y sólo se posaba como una corona sobre la cabeza revuelta del costeño cuando se hablaba de mujeres permanentes, leales, identificables por el tacto de un libro posado en una estantería esperando a que los dedos de los amantes lo tocaran; o por la comunión de los diez sentidos de la pareja.

Entonces se refugiaba en una exclamación que conciliara el frente alegre del costeño con la pasión íntima que podría compartir con sus compañeros, la falta de carne de mujer, el ansia y el temor de encontrarla de nuevo para poner a prueba la propia humanidad. «¡No quiero olvidarme de cómo es un cuerpo!», exclamó, creyendo resumir el sentimiento de los cuatro. Pero en los ojos de Cástor y de Pelayo había otra pasión. Las palabras de ese sentimiento eran, simplemente, éstas: «La carne ausente es el apoyo de mi soledad».

Diomedes no podía contarles nada sobre la categoría que a un hombre le dan la galla de las putas, la entrada como conquistador a un burdel, la salida del burdel como un sacerdote que renueva sus votos, pensó Aquiles escuchando a Diomedes hablar. La prostitución era el sacramento de un sacerdocio viril, que no nos ata a nada, agota nuestro deseo inmediato, nos libera para lo demás, lo que importa, lo que nos define, el arte, la Iglesia, la revolución... Los dioses, dondequiera que se hallen, valen por todas las mujeres que se hallen dondequiera.

Rodearon en pleno mediodía la casona del manipulador del mercado negro en el pueblo, el «Sanandresito» que controlaba, sólo en esa localidad, pequeña, ruinmente, los males nacionales de la extorsión, la evasión fiscal, el contrabando, cuya única prueba de ingenio había sido comparar la corrupción con el Espíritu Santo: está en todas partes y nadie la ve. Chapado a la antigua, excéntrico, este viejo llamado Máximo Vale se daba un lujo insólito: sólo lo servían mujeres, campesinas o muchachas de la sociedad local que, en ambos casos, salvaban a sus padres, hermanos y a veces maridos de una exacción ruinosa por parte del miserable Máximo, prestándole servicios al viejo que, para darse un aire de contable perfectamente respetable, usaba indumentarias propias de los oficinistas de principios de siglo: chaleco negro, pantalón a rayas, mangas demasiado largas detenidas por ligas oscuras a la altura de los codos, camisa sin cuello y una visera verde para protegerle los ojos de la fatiga de los registros: un antecedente notarial de esas ubicuas gorras de beisbolero gringo que hoy usan en toda ocasión, al revés y al derecho, jóvenes y viejos en todo el mundo...

La lógica de Máximo Vale era muy sencilla: «Las mujeres me protegen mejor que los hombres. Nadie las va a matar a ellas. Ni sus padres, ni sus amantes, ni sus hermanos. A ver si los guerrilleros se atreven».

Rodearon la casa cuando ya todas las mujeres estaban avisadas en secreto de la hora y el día exactos del ataque. Ellas fueron las yeguas de Troya que abrieron los portones de la casona del viejo agiotista un mediodía oloroso a mangos jugosos que empezaban a reventarse dentro de sus pieles, clamando por ser pelados y ensartados en trinches y comidos, pero ya... No hubo necesidad de disparar un tiro; cuando Máximo se asomó a su balcón sobre el patio interior de la casa, Aquiles y sus hombres ya estaban adentro, cargando las mulas con los víveres acaparados por el viejo, quemando los papeles de las deudas contraídas, papeles de cuadernos de aritmética, mal escritos a lápiz, casi todos borrados ya por el tiempo, por más recientes que fueran: todo lo que rodeaba a Máximo Vale parecía rancio, era el Midas de la ruina, pero lo maravilloso era que en medio de tanta cortina raída y papel gastado y sábana percudida y plato desportillado, las mujeres conservaran, quizá por puro contraste, una lozanía espléndida, como si ellas fuesen los vampiros del anciano y sus riquezas, chupándoselo todo porque a él no le quedara más que lo que ahora vio al entrar Aquiles, como una borrasca, a su oficina de banquillos altos y escritorios de cortina:

—Mátenme, pero no me secuestren; lo único que no soporto es que me secuestren...

Por eso decidió Aquiles entregárselo, como convenido, a un pueblo de indios que lo sentaron en el centro de un galerón en la selva y se dedicaron a mirarlo hora tras hora, día tras día, sin jamás dirigirle la palabra...

La Brígida les abrió la puerta y ella fue lo primero que vio Aquiles al entrar como un ventarrón armado a la Troya de Máximo Vale. No supo nunca cómo pudo actuar, para qué seguir adelante, cómo dar órdenes, después de ver a esa mujer que tenía una cabellera parecida a un gran ramo de orquídeas, y los ojos inquietos como un enjambre de abejas y la boca roja como una bandera y los pechos llenos como la marea de todos los mares al día siguiente del diluvio universal, qué bárbara, se dijo Aquiles, qué salvaje hembra, soy la Brígida, se anunció, los estábamos esperando; yo te andaba buscando, quiso decirle Aquiles, seguido de los campesinos armados que invadieron el caserón del viejo Vale y su gineceo inocente (bastaba verlo para saber que don Máximo era el eunuco y no el sultán de su harén campirano), y aunque el guerrero hizo cuanto era su deber hacer al frente de este asalto, ni por un minuto se separó ya de la Brígida y nunca supo, cuando la casa agarró fuego y sólo la caballeriza quedó a salvo, si la mujer a la que tenía entre sus brazos entre un montón de sillas de montar y colchas de yegua estaba allí por voluntad propia o era parte de un botín guerrero que él no deseaba tomar como tal pero que no podía resistir, así lo llamase la Brígida o la tomase él, ¿qué más daba...? Se perdió en la carne agitada de la mujer, con la cabeza pegada a sus pechos, escuchando un latido de pájaro.

Diomedes, viendo arder el caserón del «Sanandresito», se imaginó que igual se podía incendiar la casa rica de la costa donde estaba viviendo su madre. Nadie sabría entonces la verdad. Por eso nunca se incendiaban los burdeles: no había ningún secreto que guardar, pues hasta lo peor era imaginable sin necesidad de entrar a ellos. Y ése era su encanto.

Pelayo y Agustina tuvieron un matrimonio bueno sobre el cual colgó siempre la espada de la guerra. Ella era inteligente y se lo dijo:

—Quieres irte al monte. Hazlo. Yo no iré contigo. Prefiero ayudar a los niños aquí. Tú me entiendes. Vamos a separarnos por acuerdo mutuo. Cuando regreses a la legalidad, nos volveremos a juntar.

—Quieres mucho a tus niños.

—Bueno, para entendernos pronto: no soportaría el rigor de una vida clandestina. Si quieres, aquí te espero.

Amalia entró a una librería a buscar un libro de poemas de Leopoldo Lugones. Al tomarlo, estalló la bomba escondida detrás de los volúmenes. Cástor nunca quiso averiguar quién pudo quitarle así a su adorada mujer. No hubiera contenido el afán de venganza, incluso contra su propia organización, en caso de que ella fuese culpable de este acto de terror... Y aunque fuesen los de las FARC, o del ELN, o de la propia policía creando terror para combatir el terror, Cástor se dijo que él no podría volver a actuar como revolucionario si lo movía la venganza en vez de la justicia. Amalia iba a ser suya siempre, iba a vivir de mil maneras dentro de él, al releer a Cortázar, al poseerla en sueños, al besar su foto de pasaporte guardada en el parche de la camisa oscura del guerrillero...

Sólo una noche se acostó la Brígida con Aquiles. Al amanecer, una cabalgata que enmudeció a las campanas de la iglesia pasó por el pueblo en medio de un volar de pájaros silenciosos que huían en sentido contrario, la Brígida totalmente desnuda se asomó a ver qué ocurría y uno de los jinetes la tomó tal como estaba, la levantó con un brazo poderoso y la montó a horcajadas.

Cuando Aquiles, fajándose los pantalones, llegó a la entrada de la caballeriza, sólo quedaba una nube de polvo. Entonces, desnudo hasta la cintura, descalzo, salió gritando por el pueblo, desafiando a las campanas o los pájaros a que silenciaran su cólera, la pérdida de su botín de guerra, su premio, su amor, su Brígida, gritando enfurecido que sí, era cierto, él creía tener derecho a todo, el amor y la revolución, el botín de guerra y la gloria de la muerte, a todo, no estaba aquí para negar una sola de sus posibilidades de hombre, sino para afirmarlas todas, con o sin permiso de Dios, las mereciera o no... Iba a blasfemar igual que el viejo liberal llamado el Termómetro, pero Aquiles no quería que sus insultos obligaran a Dios a colmarlo de bienes. Prefirió clamar contra los que le quitaron a la Brígida, y llevar contra ellos la guerra, ahora sí confundidas su urgencia de actuar y su urgencia de amar: mi premio, mi amor, mi Brígida...

14

Llegó solo con tres niños armados y con las caras cubiertas. Los propios niños pidieron ponerse los pañuelos amarrados a la cara para proteger a sus parientes. Salomón Parras no se andaba con miramientos. Ubicaba a familias enteras gracias al descuido de un menor, un sobre olvidado, una foto de pasaporte, un pagaré al sastre. Y para Salomón Parras, identificar significaba una de dos: comprar o exterminar.

El cacique de las esmeraldas le mandó decir a Aquiles que podía venir acompañado de tres hombres suyos, pero nada más. Aquiles contestó que iría solo. Don Salomón dijo que en ese caso no había trato. Era él, Parras, el que necesitaba testigos, no Aquiles. ¿Y si los mataba allí mismo a los cuatro, a Aquiles y a los niños? Eso quería decir —contestó el cacique— que él no tenía palabra. Le ponía a prueba. Nunca había matado a un niño.

Había construido más que una casa, más que una ciudad, un miniestado en la selva, con pista de aterrizaje, campos de deporte, un prostíbulo de lujo, un hotel de cinco estrellas y un convento. Monasterios no, dijo, aquí no hay más hombre santo que yo. Además, decía que le gustaba dor-

mir rodeado de monjas y de putas, porque aquéllas lo tentaban y cuando ya no podía más, se iba
con éstas y respetaba a aquéllas. Era cierto. Ser
monja en los terrenos de don Salomón era una de
las notorias ambiciones de las clarisas colombianas.

Conocerlo era sorpresivo. No había fotos de
él y su fama de fortuna, corrupción y violencia
era tan grande, que cualquier estereotipo de la
villanía le habría cuadrado: gordo o flaco, bajo
o alto, joven o viejo. Lo espantoso —Aquiles lo
miró sentado frente a una mesa de dominó, solitario, jugando contra él mismo— es que no era
ninguna de estas cosas: era de una mediocridad
indescriptible, distinguido apenas porque su cabeza parecía comida por la polilla. Nadie podía
recordarlo: era su chiste, lo cultivaba, llevaba años
haciéndose invisible; por poco lo logra...

Ni miró a Aquiles ni dejó de mover las fichas
del dominó. Le pidió con la cabeza que tomara
asiento frente a él. Empezó a contar una larga
historia. Aquiles la esperaba. Salomón Parras no
sólo sentía orgullo de su éxito; necesitaba justifi-
carlo. Y su legitimación era nada menos que su
país: Colombia.

Evocó, no sin belleza, el trasiego de la nación
cuando él era un jovencito, la desposesión de
campesinos y terratenientes obligados a vender
barato, la voracidad de los caudillos locales ani-
mada por los políticos de Bogotá, los campesinos
liberales despojados por los conservadores, y éstos por aquéllos, en una ronda sin fin: el principio cesáreo del *divide e impera* llevado al absurdo,

como en una película de los hermanitos Marx (¿por qué los trataba con diminutivo?, ¿creía que los hermanos sin diminutivo eran Karl y familia?). Doscientos mil terrenos agrícolas cambiaron de mano en los años que siguieron a la muerte de Jorge Eliécer Gaitán, al desatarse la peor etapa de la violencia —continuó el cacique Salomón—, y un millón de personas emigraron del campo a la ciudad en tres, cuatro años, no sé: pero el café se siguió produciendo y exportando, y las esmeraldas también, como si la sangre abonara la bonanza.

Dijo que él había empezado como simple guaquero, es decir, un gambusino pobre dedicado a excavar túneles ilegales con los instrumentos más primitivos, ahogado casi entre tanto material de desecho. Lo contrataban los planteros y le compraban los minerales a precio fijo. Un día Salomón Parras se dio cuenta de que por allí no iba a ningún lado. Organizó a los guaqueros. Primero se rebelaron —«Yo también fui rebelde», dijo sin permitirse ni el rictus de una sonrisa— y se plantaron a la entrada de las minas, exigiendo el derecho de explotar. Los planteros les echaron encima todo lo que tenían: el ejército, la policía, los sicarios extraídos de ese tumulto de adolescentes vengadores, hijos del terror, arrojados a la violencia por el asesinato en masa de sus familias, organizados por unos caudillos de espanto llamados el Desquite y Sangrenegra, niños con setenta asesinatos en su haber antes de cumplir dieciocho años, un país de asesinos adolescentes, sin educación, niños migrantes que sólo siguieron a sus padres gambusinos de campo en campo hasta que el plantero, la policía, los otros sicarios acabaron con las familias y los niños se unieron a lo mismo que los había destruido. ¡Qué ironía, pero qué belleza!

Dijo que él, Salomón Parras, sólo siguió ese ejemplo fatal. Dejó de ser guaquero y empezó a plantar coca, poquitita al principio, pero cuando se acabó el *boom* de la mariguana en los Estados Unidos en los setenta, hasta la última hoja de coca en el más humilde plantío se volvió más valiosa que las esmeraldas y el oro. Algo más, le dijo Parras a Aquiles, todo el que plantaba coca enseguida se convertía en aliado de las aduanas y de los policías; no había bastantes barcos bananeros para sacarla del país, al principio con la complicidad de los agentes aduanales y policiales. Era la Mama Coca, nuestra Guadalupana, nuestra Caridad del Cobre, nuestra Virgen de Coromoto, nuestra Señora de los Afligidos. En un santiamén —tuvo Parras el pudor de no santiguarse él mismo— un solo dólar de materia prima se convirtió en cinco dólares, y cinco millones en veinticinco, y siga usted sumando, compañero...

Aquiles lo interrumpió y le dijo que todo esto ya lo conocía. ¿Para qué lo repetía? Salomón Parras sabía muy bien por qué estaba aquí el guerrillero, *para qué* estaba aquí.

—No, mi amigo, no lo sabe usted. ¿Por qué le rapté a la mujer? Yo ya le tenía echado el ojo a la Brígida. Pero el viejo Vale me la hubiera dado sin conquista, de regalo. Cuando usted la tomó, me echó el guante a la cara, mi amigo. Usted sí que era un desafío. Quitársela a usted... ¡Válgame Dios! He venido por la Brígida...

—Pues vamos a ver quién gana la partida —Salomón no sonreía con nada, por más irónicas que fueran sus palabras—. Imagínese en una justa medieval, o ya que lo llaman Aquiles, en una playa frente al mar, ¡arde Troya!, desafiando a Héctor...

Aquiles le dijo a su enemigo que le explicara cuál era el desafío. Salomón se ahorcó la mula de seises y lanzó una maldición. Se castigó con un gesto de repugnancia que lo declaraba derrotado. ¿Por él mismo? Así lo entendió Aquiles, observando de cerca al cacique de las esmeraldas.

—No, mi comandante. ¿Tiene usted un grado, o son todos ustedes de esos ilusos que no creen en la desigualdad y las jerarquías? Lo que usted no entiende es que, tarde o temprano, los movimientos armados acaban por servirnos.

Aquiles dijo que ellos serían la excepción y por primera vez Parras se rio, mirándolo con cariño, como a un niño inocente.

—Si los guerrilleros son pragmáticos, nosotros les pagamos y ellos nos hacen el favor de controlar el desorden de un fárrago de campesinos que quieren aprovecharse también del *boom* de la droga. Total, la corrupción de la policía y el ejército es tal, que el campesino prefiere pagarle a un guerrillero para que lo proteja. ¿Todavía no se acercan a ustedes? ¿Pues en qué país de las maravillas están viviendo? Aquí todos están aliados con nosotros. Nosotros metemos dinero al país, amigo mío. Nosotros podríamos pagar la deuda externa de Colombia, si quisiéramos. Pero nos guardamos esa carta. Usted lo sabe: preferimos morir en Colombia que vivir extraditados en una cárcel gringa llena de putos y droguis.

Revolvió con una alharaca de marfil las fichas del juego y siguió su cantinela aplastante:

—Tenemos ejércitos privados, sin control del Estado porque aquí el Estado no existe y el gobierno ya perdió el control de las armas. Tenemos el escudo del anticomunismo y de la contrainsurgencia.

Escogió siete fichas para él, y siete para su contrincante invisible. Sonrió satisfecho y miró con sorna al que no estaba allí, deseándole cinco mulas de un tirón.

—Sume usted cuanto le llevo dicho, mi amigo. El ejército nacional y la policía son nuestros, pero además tenemos ejércitos privados, matones a sueldo, organizaciones terroristas y movimientos guerrilleros. El setenta por ciento de los colombianos vive de nuestro negocio. Somos dueños de un millón de hectáreas en este país. Los gringos no nos espantan. Nosotros seremos la oferta mientras ellos sean la demanda y no toquen con el pétalo de una rosa a sus propios capos.

Se echó de un golpe cinco jugadas maestras, uniendo cabos de fichas sin tener que comer, musitando frases rituales del juego, y culminando con un cierre espectacular y la exclamación alborozada: «¡Fichas y caras de hombres!».

—En resumen, comandante Aquiles, su grupo se une a nosotros y yo le devuelvo a la Brígida.

15

El problema se volvió decidir si cada noche se gastaban todo el dinero o guardaban algo. «Mañana vas a estar muerto», le dijo un cabrón que había llegado milagrosamente a los veintitrés años y llamado por eso el Cóndor, vuelo alto, vida larga. «Gástatelo todo ahorita mismo.» «¿Y la mamacita?», le decía otro joven sicario, Lamparilla. «¿Y la mamacita?»

—La madre es una santa.

—El padre es un pendejo.

—El padre puede ser cualquier hijo de puta.

—La mamacita sólo hay una.

—Pablo Escobar empezó como ladronzuelo, se roba las lápidas de los panteones, borra las inscripciones, las revende. Así empezó Pablo Escobar y mírenlo ahora.

—Mi mamá dice que es un santo. A la gente del barrio le ha dado más que cualquier gobierno.

Lamparilla quería trabajar como matón para los narcos. El Cóndor le dijo a Kike que mejor se acercara a la policía y al ejército. Tenían escuelas de sicarios, con pizarrones y todo, con instructores israelitas y alemanes, allí sí te enseñaban a tirar bien, a protegerte, a sobrevivir. Mil estudiantes se habían graduado ya de esas escuelas, dijo el Cóndor con gran autoridad.

—Prefiero trabajar por mi cuenta —dijo Kike, envalentonado por su éxito con la chica de barrio rico.

—Vas derecho al país de la muerte —lo bendijo con aire de perdonavidas el Cóndor, que, por no dejar, usaba una como bufandita de plumas blancas alrededor de un cuello largo y flaco.

«De allí vengo», le quiso contestar Kike; le faltaron palabras.

Anduvo colgado cerca de la familia de Mirta Elena, así se llamaba la más ávida y peligrosa joven televidente de Medellín, y pasaba horas en la cocina esperando a que su mamá terminara de lavar la ropa, sólo por estar cerca de la señorita. Las conversaciones del comedor le llegaban por ráfagas. Eran siempre las mismas, como un disco puesto una y otra vez hasta que se rayara.

—No hay que creerle nada al gobierno.

—Pues dicen que con los liberales ahora sí se va a hacer fuerte el gobierno central.

—Los terratenientes nunca permitirán eso.

—Yo nomás te digo que con tanta violencia tengo la corbata negra colgada en el despacho.

—¿Qué tal te ha resultado la lavandera?

—Excelente. Sabe almidonar de maravilla.

—Y hasta se ve distinguida.

—Para lavandera, puede que sí.

—¿Te acuerdas de Remigia, la nana negra?

—Sabía contar historias.

—Para eso la teníamos, como contadora de historias.

—Qué idiota. Se fue con un negrote que la sacó de soltera a los treinta años y se la llevó a vivir a una choza.

—Dios los cría...

—¿No te hace falta alguien que te cuente historias?

—Pregúntale a la lavandera si es buena para eso.

—El que está muy guapo es su hijo.

—¿Ese sin pelo?

—Como Yul Brynner en las películas.

Esa tarde despidieron a su mamá y Kike decidió actuar por la libre, así había empezado, y si lo empleaban como Mirta Elena para venganzas personales, era mejor que trabajar para los narcos o para la policía, era vengarse también de Mirta Elena y de su familia, de Mirta Elena sobre todo...

Hay algo que intuyó, sin embargo: no debía tener motivo alguno, por allí tenía que empezar, para ser un buen sicario se empezaba por no tener motivo. Se había quedado con la pistola que le dio Mirta Elena y que, por miedo, precaución u olvido, vaya usted a saber, la señorita nunca le pidió de vuelta. «La vida es una mierda. Le haces un favor al que matas.»

—Virgencita del Carmen, dame buena puntería —ésta se volvió su única oración. Se encomendó a la Virgen para cometer su segundo crimen.

—¿Sabes cuál es la marca de un buen sicario? —le preguntó el Cóndor y se contestó a sí mismo, acariciando su bufandilla de plumas—. El tiro a la cabeza. Directo. Toma un taxi. Asómate a la ventanilla cuando se detenga el tráfico. Dispárale a la persona que esté manejando el coche de al lado. Toma mi silenciador. A la cabeza, directo. No huyas. Nadie se va a dar cuenta. Hasta que se encienda la luz verde y el auto de tu víctima sea el único que no se mueva...

Se reía en grande dando este consejo. Las plumas hasta se le alborotaban.

—La muerte es el asunto, ése es el asunto, la Muerte.

Lo contrató un vecino para matar a su vecino porque le jodía que tocara la música tan fuerte. Lo contrató una concursante de Miss Colombia para que eliminara a la triunfadora del concurso si no era ella. No lo fue. Lo contrataron para entrar a los hospitales y ultimar a una víctima mal herida por quien lo contrató, para que de ningún modo se salvara. Lo contrató el delantero de un equipo de fútbol para asesinar al árbitro que le había impuesto un penalti injusto. Cada una de estas muertes llenaba a Kike de satisfacción.

—¿Ya ven? —les decía a sus amigos—. Son puros asuntos que no tienen nada que ver ni con la droga ni con la política.

—Te dispersas, muchacho —le decía el Cóndor—. Ya me ves, yo aquí rey del barrio. Los ricos escondidos en casas como fortalezas y los sicarios gobernando barrios enteros, como el mío.

—Ojalá sea un día como tú, Cóndor. Es como ser presidente de la república, casi.

—Es ser más libre. El presidente ha dicho que él es el único prisionero político que hay en Colombia. Tiene chiste. Me gustaría conocerlo.

—Lo estás mirando —decía entonces Kike, clavando los dedos pulgares en las axilas y sacando la mandíbula orgullosamente.

Al Cóndor le daba risa y le tiraba a la cabeza lo que tuviera a la mano.

Mató a políticos. A izquierdistas. A vagos. A ladrones. A drogadictos. Se hizo de fama. Era buen tirador, silencioso. Cometió un error. Hastiado de la repetición del asunto, empezó a imaginar formas más audaces. Empezó a amenazar a los que lo empleaban. Primero les hacía el trabajito, luego los acosaba. Un millón de pesos o te mato a ti. Se corrió la voz. Fue una imprudencia. Se hizo de mala fama. Decidió refugiarse en su barrio, con el Cóndor, con Lamparilla. Pero a Lamparilla la policía lo instruyó para que acabara con el Cóndor. Era demasiado independiente. Si lo mataba, Lamparilla sería el nuevo chacho del barrio. Entonces el Cóndor, que tenía buenas conexiones y mejor olfato, contrató a Kike para que liquidara al Lamparilla pero a Kike le entró el miedo, Lamparilla tenía protección policíaca, el Cóndor era sólo un capo de barrio, tolerado, con muchos güevos, y con mucha suerte, había llegado a los veintitrés años.

—Dicen que los guerrilleros y todos esos tienen siempre muchas dudas, que si está bien hacer esto, que si está mal hacer lo otro. Lo que se llama la moral, tú me entiendes. Aquí, pelón, a Dios gracias somos ignorantes y por eso no tenemos dudas. Les damos valor a la juventud y al coraje. Nuestra única escuela es la miseria. ¿No te lo dije un día? Venimos del país de la miseria...

Pronunció su propia oración fúnebre. Allí mismo Kike ultimó al Cóndor y el Lamparilla se apoderó del barrio. Su ropa estaba siempre llena de grasa, igual que su pelo. Por eso le decían así.

16

Y nadie se atrevió a preguntar en voz alta de qué modo podían, ellos, los cuatro guerrilleros, volverse invisibles también pero eficaces, sin hacerse casi sentir, sin imponer su autoridad sobre el mundo indígena y campesino que los rodeaba, tratando de intuir algo difícil para ellos, tan lejano pero profundo, tan inserto sin embargo en las lagunas más oscuras de su inconsciente, que sólo la acción podía resolver el dilema entre desconocer este mundo e intuir que, hace cientos de años, lo conocieron, lo pudieron entender, que hubo alguna vez una poesía común a todos los seres, una misma lengua comprensible por todos.

Después de un mes en la montaña, ya conocían los caminos, las rancherías aisladas, los puestos, igualmente dispersos, de mando y municiones; las haciendas aledañas en las que, una vez conocida esa palma de la propia mano que era la montaña llamada Santiago, podían incursionar. Empezaron por robar leche para los niños, sintiéndose Robin Hood pero sabiendo que la leche se consume y desaparece y es tan natural como los pechos de una madre; pero un hospital, dijo Cástor, ¿cuándo ha habido aquí un hospital?, y levantaron una tienda de campaña y bajaron a robarse equipo médico ayudados por los niños estafeta que como Oliver Twist se podían colar por las rendijas, extraer cosas y por eso mismo equivocarse: ¿para qué querían miles de palillos para la lengua? Al principio se divirtieron enseñando qué se hacía con esos palitos, eran para ver la garganta, a ver di aaaaah, luego Aquiles se preocupó por tamborilear una por una las espaldas de los lugareños, como si buscase en la tuberculosis o la bronquitis crónica una equivalencia caritativa de sus propios males, la disritmia que podía controlar y esconder, pero no la epilepsia, espectacular, visible, que requería ayuda de los compañeros para aliviarla pero también para esconderla de la vista de los campesinos: ¿debía Aquiles ser invulnerable para que creyeran en él?

Los niños cacos trajeron también, de una incursión a un hospital, cientos de condones y los compañeros no supieron explicarlos, ni falta que hacía: era la primera Navidad del campamento y los niños los inflaron y colgaron de un improvisado árbol pascual.

Pero hasta los incidentes chuscos servían a un propósito, se iba tejiendo la malla de la complicidad entre los guerrilleros y la población, las tareas, cada vez más, eran comunes, distribuían juntos las raciones, esperaban las remesas que llegaban por conductos misteriosos: familias, simpatizantes; quizá —se preguntó el suspicaz Diomedes— el propio Partido Comunista les mandaba provisiones para asegurar que no se salieran de la montaña, que no establecieran el temido contacto con la ciudad; quizá —fue un paso más allá

Pelayo— el propio gobierno y las fuerzas armadas, necesitados ambos de focos guerrilleros para
espantar a los gringos, obtener dinero de Washington: ¿era imposible hacer una guerrilla puramen-
te latinoamericana, que no quedara encajonada
entre las rivalidades de la guerra fría, que atendie-
ra sólo a las tradiciones y necesidades de nuestros
desventurados países?

En esos meses, cada uno midió, como si fuera
un termómetro, las subidas y bajadas de la tem-
peratura con que se relacionaban con este ambiente. Empezaron a llegar más gentes, hombres
y también mujeres, y con ellas cosas nunca vistas
aquí: maquillajes, cremas, champús. Pero todo
privilegio se disolvía inmediatamente en la acti-
vidad común, cocinar, cortar leña, establecer campamentos fijos en los lugares adonde no llegaba
ahora, porque jamás había llegado antes, el ejército: aulas, barracas, las primeras escuelas, los primeros hospitales, la dosis de médicos y enfermeras
que llegaron a juntarse con ellos en la ciudadela de
Santiago, la sencillez obligada del vestido, vaqueros y camisa oscura (por el frío repentino, para
disimular lamparones): está bien, mona, usa tu
champú pero ten una sola muda de ropa: lo guar-
dado y lo puesto, y el derecho de cada uno a su
hamaca, fácil de tender, enrollar, transportar...

¿Se acercaban aquí mismo, en Santiago, a la
comunidad perfecta, sin desigualdades flagran-
tes, con trabajo común y responsabilidades com-
partidas, sin autoritarismo? Aquiles se quedaba
callado cuando Pelayo exaltaba la pequeña utopía
que parecían haber construido aquí. Diomedes

decía que un hombre de corazón encuentra la felicidad en donde quiera. Pero Aquiles se quedaba callado y sólo Cástor argumentaba que permanecerían en la montaña hasta que las condiciones objetivas cambiaran allá abajo. Es cuando la cólera de Aquiles se dejó ver: nada cambiaría si ellos no usaban la base de Santiago sólo como eso, una base, no un falansterio pendejo de eremitas pendejos como esos que denunciaba el padre Filopáter: meros modelos para pinturas italianas... Estaban aquí para salir de aquí, atacar, hacerse con el poder, cambiar la sociedad. O entendían eso o no valía la pena esta pena, así dijo Aquiles.

Nadie le contestó, porque nadie quería pelearse con él, o entre sí. Después de todo, ya cada uno había dicho su palabra. El hecho era que el campamento estaba constituido después de seis meses de trabajo duro, y ahora tocaba decidir qué hacer con él o desde él.

—A las ciudades —dijo Diomedes.
—Al campo —dijo Cástor.
—Esperar —dijo Pelayo.
—Atacar —ordenó Aquiles.
Cástor:
—Aquí se empieza. No seas impaciente.

17

Las relaciones entre sus padres se enfriaron una sola vez, cuando el padre los metió en el colegio jesuita y la madre agradeció una oferta para enseñar durante un semestre en una ciudad costeña. Sólo se llevó con ella a la niña adolescente. Nunca había vivido en el trópico: éste era un descubrimiento, se deslumbró y quiso que la niña compartiera con ella la maravilla; pero era una mujer tan magnánima, que hubiese querido participarles el goce de la vida tropical a todos sus alumnos en la escuela del barrio pobre a veinte cuadras del mar.

Se fijó por eso en un niño de seis años, infinitamente melancólico, con ojos de cuencas profundas que le recordaron las de su propio hijo mayor; bellos pómulos pero una mueca macilenta que lo avejentaba; nariz afilada y la cabeza al rape. Nadaba un poco en la playera de listas azules y blancas y esto también la acercó a la comedia sartórica de sus hijos y la ropa comprada para servirles a todos en todo tiempo y en toda edad.

Ella había tenido la fantasía, el propósito, no sabía cómo llamarlo, de compartir con este nuevo niño, entre todos sus alumnos de primaria, el descubrimiento del trópico, al cual ella llegaba tan tarde pero al cual ellos —tal era la vicisitud de sus vidas, la opacidad previsible de sus biografías— acaso no llegarían jamás, aunque allí viviesen...

¿Te has dado cuenta de que nada se parece a un despertar en el trópico? No me refiero sólo a la belleza, pongamos por caso, de la salida del sol, o la frescura de la brisa, ni siquiera a esa como lánguida urgencia que nos lleva a despertar más temprano, como si no quisiéramos perdernos el esplendor de los amaneceres aromáticos, parecidos cada uno y cada vez al primer estallido del mundo vegetal, a la aparición de la primera fruta y la primera flor, y por eso mismo tan singulares, tan irrepetibles... Ella recordaba mañanas de Bogotá, todas iguales, grises, melancólicas, sin ningún sentimiento de despertar a la vida, de asistir a la creación. La madrugada en la gran ciudad podía ser una rutina evitable; si luego venía la rutina inevitable, ¿para qué soportar este prefacio incoloro del tedio...?

Lo que sucedía era que en el trópico se podía asistir minuciosamente al despertar de la ciudad. Aromas y ruidos se iban sucediendo, superponiéndose unos a otros sin perder nunca su singularidad, pero armonizando con el conjunto, ¿te das cuenta, niño, me sigues en lo que te digo, miras lo que yo miro? Las negras jóvenes aparecen regando sus plantas. Las negras viejas aparecen detrás de sus braseros, abanicando los desayunos. Los hombres entecos se asoman por las ventanas, en camiseta. Se escucha el rumor de los peroles llenos de leche que se va distribuyendo de casa en casa. Comienza a oler a arepa, a canela, a guayaba... Se abren los cafecitos de las esquinas, añadiendo un delicioso olor más. Los niños uniformados pasan desfilando rumbo a la escuela. Los camiones distribuidores de víveres comienzan a sofocar la mañana. Las guaguas sicodélicas toman y dejan pasajeros, anuncian sus lemas en las defensas: «Esperanza y amor»; «Aquí está tu pesadilla».

Ingenua, bonita, buena, ella quería sacarle la belleza a la pobreza y hacérsela sentir al niño de la cabeza rapada. Se sentía contenta de su éxito. Pensaba, estaba segura, que el muchachito la seguía con la mirada, acompañaba sus sensaciones de belleza. Pero también era diestra y avisada; al lado de su bondad y sencillez y buena voluntad, tenía un lado fuerte, acerado quizá, no de duda o malicia, sino de determinación inteligente. Ese lado de ella veía en el niño la parte de comunión con su maestra, así como la parte de reserva, el fondo intocable del muchacho, una retención o vergüenza, y también como orgullo, para esconder el grano mínimo, concentrado como una mostaza, del secreto propio...

Hubiera querido seguirlo a su casa, saber más de él. Hubiera querido entrar a su casucha miserable en la parte más pobre de la ciudad, apenas cuatro paredes de cartón y un techo de zinc donde vivían hacinados el niño, el padre, los hermanos, unos mayores, otros menores, indistinguibles casi en sus entradas y salidas fantasmales de este hogar que era como un bacín deletéreo, donde el niño, sin saber expresarlo, se disolvía como un terrón de azúcar en café frío: lento pero segu-

165

ro, y sólo la escuela, la maestra, le devolvían, al día siguiente, su integridad.

La madre de los cinco hermanos, voluntariamente alejada de la casa aural de Medellín, se convirtió poco a poco en la madre adoptiva, preferida, del niño rapado, que no le otorgaba, sin embargo, esa categoría a la maestra. Él era una invención de la mujer, un deseo conmovido de extenderle su maternidad a un niño desvalido, el más pobre entre los pobres de su clase...

Nunca pudo imaginar que el niño no necesitaba ese amparo materno, porque ya lo tenía. Lo que compartía con ella era sólo una mirada, la mirada sobre el trópico que era como un lujo para ella y para él, porque su madre no tenía tiempo de mirar nada, sólo lo más inmediato: la cocina, y dónde vamos a conseguir hoy los víveres, el hijo mayor tiene doce, el menor es un crío, seis hijos y ninguno trabaja, y aunque el padre sea obrero albañil, no puede enorgullecerse de su trabajo si no le alcanza para alimentar ocho bocas. Apela a todo, el pobre. Se mete en vacas de la lotería con otros compañeros, a ver si le pegan al gordo. Lo malo es que lo convenido es que, si ganan, se van a ir a Nueva York, a ver si allí les cambia la suerte. Nunca ganan.

¿Cómo cambia la suerte? Les basta ver a uno de sus vecinos. Estaba tan jodido como ellos hace apenas un año. En seis meses se hizo millonario. ¿Cómo? Vaya, el vecino tenía su respuesta sin recibir un solo centavo a cambio, trabajaba de sol a sol. El padre era un pendejo que no hacía lo que debía hacer para hacerse millonario en seis meses como el vecino que un día levantó sus bártulos y desapareció con su prole chillona, alborotada, arrogante, con su petulante esposa trepada en un coche descapotable, a rumbos desconocidos pero sin duda felices y prósperos, y su ausencia fue aún más insultante que su presencia, era como si una bomba hubiera dejado un cráter en el terreno de al lado, recordándoles a todos una catástrofe: es posible ser rico y largarse de aquí, del muladar, el calor, los techos ardientes, las paredes mojadas, los retretes sin paredes, los arroyos de mierda, los bichos invisibles que se cuelan entre las uñas, por las orejas, hasta el centro de las pancitas infladas, hasta el centro del cerebro mismo.

La maestra le acarició la cabecita, dándose cuenta de que sufría de hambre.

—¿Cómo te llamas?

—Enrique. Pero todos me llaman Kike.

18

Y más (agotaron de una vez por todas sus razones en las tediosas noches del monte, construyendo y solidificando una base ¿para qué?, ¿para
resistir?, ¿para atacar?, ¿para incursionar y regre-
sarse a la montaña?; esto es lo que no querían
discutir, por eso hablaban tanto del pasado, de lo
que los trajo hasta aquí): razones sobraban para el
desánimo ciudadano en este país, razones para tirar la toalla cívica y largarse a la guerrilla, los frau-
des electorales, la farsa del bipartidismo mientras
el país se desangra en la ilegalidad y la violencia,
la aguda esquizofrenia latinoamericana entre el
país legal de las constituciones escritas para los
ángeles, como dijo Victor Hugo, y el país real, donde impera la impunidad: ¿ellos eran los nuevos
ángeles, enviados por la providencia a limpiar el
país, a hacer creíble la ley, a darle honor a la ciu-
dadanía? ¿Por qué estaban aquí? ¿Porque morían
de hambre doscientos niños cada día en Colombia? ¿Porque cinco millones de colombianos no
sabían leer ni escribir? ¿Porque pertenecían a un
país que sólo tenía conciencia de sus males, que
sólo existía gracias a sus males?

Es bueno inventarse una memoria reconfor-
tante. Sobre ella se puede levantar todo un pro-

grama de acción. Pero la verdad es que el trópico es un mango con gusanos. Toda esa apariencia de libertad, de alegría, nos seduce, hasta que descubrimos detrás del telón de palmeras las mismas crueldades, las mismas miserias, las mismas rigideces que nos gusta atribuirles a los culos apretados de la meseta. Mi madre fue socialmente aislada, la trataron como una apestada, sólo porque mi padre la abandonó. Era como si toda esa sociedad informal y bullanguera necesitara, de vez en cuando, un punto donde detenerse a vaciar el odio, la represión, a fin de poder continuar siendo lo que quería ser, informal, despreocupada, pachanguera. Nos tocó la de malas. A mi madre, que yo sepa sólo a ella, no le perdonaron que mi padre la abandonara. No lo juzgaron a él. Era hombre. Luego era inocente o tenía derecho. Ella tenía la culpa. ¿Qué haría? Engaño, adulterio, una descortesía, qué sé yo. No era alegre; no le gustaba bailar. Se lo perdonan a todas menos a una sola, de vez en cuando, para no perder la brújula moral, me imagino. Algo así como un cordero sacrificado. Le hicieron el vacío. Quizá sabían algo de ella que yo no supe nunca. Pero a los trece años, mi imaginación me llevó a la casa de la vieja rica, o pobre, nadie lo sabía tampoco, viva o muerta, quién sabe, hombre o mujer, tampoco era seguro, y con mi joya de bisutería debajo de la almohada imaginé y esperé. Rondé esa casa, ahora prevenido contra la furia de su solitario habitante. Si había sido una persona madura en los años veinte, ahora debía tener ochenta o más... Era cuestión de paciencia. Nunca supe si esa persona tan extraña, hombre o mujer, a lo mejor travestista, o una vieja tan acabada que parecía un viejo, se daba cuenta de que un niño de trece, luego un muchacho de quince, dieciséis años, la espiaba todos los días, esperando lo que ese ser enclaustrado esperaba también, su muerte... Pero ¿de qué vivía, qué cosa comía? Me di cuenta de que una vez por semana un viejo Packard negro llegaba de noche a la casa solitaria y un chofer vestido de negro y con *goggles* de aviador oscuros depositaba una canasta en la parte de atrás de la casa. Nunca vi a su habitante recoger estas raciones semanales. Sí vi la noche en que el mismo chofer hizo movimientos de alarma, entró a la casa y salió media hora después con un bulto envuelto en un tapete. Arrancó en el Packard y yo entré a la casa, muerto de miedo pero resuelto a probar mi valor. No había nadie. Escudriñé hasta el último rincón. La casa estaba vacía. Su habitante, hasta el final, lo había dispuesto todo para que el misterio sellara su destino. Yo decidí imitar ese destino. Llevé a mi madre una noche a la casa abandonada. Le dije que aquí se quedaría, no le faltaría nada, que no se moviera ya nunca más de allí. Era su casa. Su hijo se la daba. Recorrí la costa buscando un Packard negro del año tal y con tales y cuales placas. No fue difícil ubicar esa pieza de museo en Turbaco, pueblo de galleros y tiranos exiliados. Sorprendí en un garaje a un hombre lavando el automóvil. Estaba desnudo hasta la cintura pero su musculatura, sus movimientos felinos me eran muy conocidos. Me jugué la carta. Le dije que de ahora en adelante, todas las semanas, le llevaría una canasta con provisiones a la señora que vivía en la casa de la costa. No tuve que amenazarlo, aunque estaba dispuesto a hacerlo. En cambio, se estableció una complicidad permanente. Así sucede en la costa. Te entiendes con alguien y no hace falta un guiño para sellar la complicidad. Ni una sola semana ha dejado de llegar la canasta a la puerta de la casa donde ahora vive mi madre. Todo sigue igual que siempre. Nadie en el pueblo cree o sabe que la vieja señora se murió y la sacaron en sigilo. Yo vivo con la ansiedad de que mi madre no se muera antes de que yo regrese. Porque si se muere, qué sorpresa se van a llevar los que la despreciaron en vida. Aunque me imagino que el chofer vestido de negro, enmascarado por la noche y por sus *goggles,* no permitirá que nadie se entere de nada. Sacará el cadáver de mi madre envuelto en un tapete y el misterio continuará. No sé si estoy aquí para alejarme de ese misterio o para mantenerlo, confiado de que mientras yo esté aquí no pasará nada allá, imaginando con una especie de delirio ardiente a mi madre para siempre rodeada del lujo envejecido y noble de esa casa de fantasmas en la costa, habitando la casa más rica del pueblo, sin que nadie lo sepa, eso es lo mejor, sin que nadie se entere. Y yo mismo no sé si estoy aquí para que mi ausencia mantenga el misterio, para que el destino de esta historia que les cuento jamás se agote, temeroso de que si regreso a esa casa despertaré de un sueño y volveré a tener trece años. Mejor vivir ilusionado con que mi ausencia mantiene vivos tanto el misterio como a mi madre, con que podré regresar, encontrarla viva, y entonces, y entonces...

Muy conquistador, muy galán, pero las muchachas que iban a los bailes de sociedad no se iban a acostar conmigo. Eso no pasaba entonces. Podía ocurrir, pero las consecuencias eran siempre melodramáticas. La muchacha quedaba arruinada para siempre si se sabía (y muchos machitos eran muy habladores), y si no se sabía uno se casaba con ella, y era necesario que por lo menos las familias lo supieran para hacer un matrimonio obligatorio, a la carrera. Entonces había que irse de putas. No quedaba otra solución. El burdel era una institución social necesaria para los jóvenes de mi generación. Tuvieron que llegar los sesenta y la liberación sexual para que un muchacho y una muchacha pudieran acostarse y hasta vivir juntos y el cielo no se les cayera encima. Yo me reía. Todo en este país era como una cultura oculta, una subcultura como se dice ahora, los partidos y los prostíbulos, luego la droga, todas sus culturas eran subculturas. ¿Dónde estaría la cultura sin sub? Entonces no me preguntaba eso. Los burdeles colombianos siempre han sido alegres, bulliciosos, sin demasiada sordidez. Hay música y faroles. Las mujeres no se hacen ilusiones pero tampoco fingen alegrías y pasiones increíbles. Hay algo así como un profesionalismo satisfecho y honrado que a mí me gustaba. Ésta era una función social e higiénica, nada más. Sin embargo, yo tenía una extraña sensación incontrolable y secreta. Era que en los burdeles sentía que entraba a un cementerio de recuerdos perdidos, como si allí, y sólo allí, se encontrasen, esperándome, todas las cosas olvidadas (igual como ahora queremos recordar algo que una vez supimos o compartimos con el mundo indígena y campesino): un prostíbulo era como un valle de objetos perdidos, donde la mirada de una mujer, la luz de un farol, la agonía de una media de seda al caer al piso, una toalla manchada de sangre, una imagen de la Virgen cuidadosamente velada por un pañuelo durante la fornicación, todo ello era una reserva de recuerdos que me pedían a gritos: no me vuelvas a olvidar. Entonces entré por equivocación, siguiendo a una chica, a una recámara y allí estaba el padre jesuita Filopáter, dándome la cara mientras sodomizaba a una puta. Se congeló y se desinfló, supongo, porque la mujer se lo echó en cara, tan bien que ibas, le dijo, ¿qué te pasa?, porque ella no me miraba, tenía la cabeza agachada, como un animal. Cerré la puerta y luego recordé que, para mi preceptor jesuita, la Iglesia tenía la misión de recordarnos que somos imperfectos, dando el ejemplo ella misma; y que somos libres, incluso para pecar.

Lo esperé, por una mezcla de fascinación y crueldad, en la sala del burdel. Sólo pudo decirme esta frase memorable: «La castidad clerical es un voto renovable». «¿Cada cuánto?», le pregunté. «Cada veinticuatro horas, Aquiles.» Yo no sé si entonces decidí que la diferencia entre la revolución y la Iglesia es que la revolución no admitiría esta clase de compromisos. Pero entonces, cuando lo pienso, se me aparece la cara congestionada del cura dándole por el culo a una puta y diciéndome: «Ten cuidado. Una revolución puritana acaba en tiranía. Aprende de la Iglesia, Aquiles. Aprende de mi posición humillada, tan humillada como la de un Cristo befado y obligado a beber vinagre».

Había en el pueblecito donde creció Cástor un hombre sumamente pobre, liberal por más señas. Lo cobijaba apenas un techo de palmas sin paredes y la escualidez de su cuerpo era tal que parecía que las borrascas de la sierra, junto con los muros, habían derrumbado la carne misma de este pobre entre los pobres. La intemperie le había robado no sólo la ropa, sino la piel: lo que le quedaba eran los huesos. Y la fe. Todos los días, todas las tardes, este hombre era visto rezando, fuese en la iglesita encalada, fuese en el camino de tierra que pasaba por su casa. Todos lo admiraban por su fe sencilla. Reconfortaba la fe tambaleante de quienes no tenían, por lo visto, tanto que pedir como este pobre entre los pobres. Lo llamaban el Termómetro porque era el primero al que le caían las enfermedades que días más tarde se convertían en epidemias: desde el catarro hasta la influenza, de la simple diarrea hasta la barroca cólera. Todo, primero, le daba a él. Todos los días, haciéndose los desinteresados o los desentendidos, según su personalidad, los pueblerinos se pasaban por la casa del Termómetro a ver cómo se sentía, si no lo aquejaba nada, y volvían corriendo al pueblo con la noticia. De este modo, compañía —y curiosidad— no le faltaban. Algunos querían darle limosna, pero había una dignidad en el porte de este miserable que decía a las claras: «En mi hambre mando yo». Todos conocían la fuente de su fe. Tenía un hijo que se había ido lejos, como marinero, y que un día iba a volver, rico, a entregarle una fortuna a su padre. Lo malo era que este hijo pródigo vivía en Cali, a ochenta kilómetros, y era bien conocido como un próspero negociante de café. ¿Sabía el padre de la ingratitud del hijo? ¿La ignoraba? ¿Lo sabía y por eso no solicitaba ni recibía limosnas? ¿No esperaba más dinero que el que su hijo le debía: la moneda de la gratitud? Desnudo, enfermo, miserable, el Termómetro causaba admiración porque se resignaba, nada pedía y en Dios confiaba. Su paciencia y bondad, su fe y su amor paterno eran ejemplos tan sagrados que nadie se atrevía a tocarlos. Suplía nuestras propias fallas. Nos reconfortaba. Hasta el día en que una carreta con las ruedas escupiendo lodo llegó desde Cali y dejó caer frente a la choza del viejo el cadáver del hijo. «Plata o plomo», decía el rótulo escrito con sangre y prendido con un alfiler al pecho acribillado del hijo. Entonces el padre levantó la voz con un rugido espantoso, abrazó desnudo a su hijo muerto y maldijo a Dios. Dicen en el pueblo que hasta las palmeras se agitaron y las montañas se nublaron oyendo las injurias contra el Señor de este hombre hasta entonces bienaventurado, dócil y lleno de fe: puto llamó a Cristo, cabrón a su Padre, mierda al Espíritu Santo, hetaira de Babilonia a la

Virgen María... Se pasó tres noches blasfemando, con el cuerpo podrido del hijo entre los brazos, hasta que el olor lo obligó a levantarlo del suelo y devolverlo a la carreta sin cochero que lo había traído hasta aquí. La impresión del pobre viejo había sido tan grande, que no se había fijado si había o no cochero. Pero en el momento de acomodar el cadáver de su hijo para llevarlo al camposanto, el viejo descubrió, entre los trapos que cubrían el cadáver acribillado, varios fajos de billetes verdes, dólares norteamericanos, varios miles, treinta mil novecientos cuarenta y siete centavos, para ser exactos: los contó una y otra vez hasta aprendérselos de memoria. ¿Era la herencia de su hijo? ¿Había pensado en el padre antes de morir? ¿Cómo murió? Acribillado. Es decir, no por mano propia. Pero ¿cómo se les pudo escapar a los asesinos la fortuna con que el hijo pródigo regresó al hogar? ¿Era un regalo del cielo? ¿Era la recompensa por sus años de sufrimiento y alabanza al Creador? Lo cierto es que el dinero sólo apareció después de que le mentó la madre a la Trinidad y a la Virgen. ¿Era entonces un dinero puesto allí por el demonio? ¿O a Dios, en realidad, le gustaba que lo injuriaran sus criaturas? ¿Era Dios el supremo sadomasoquista? ¿Era la creación entera un castigo que Dios se impuso a sí mismo, más que a sus desdichadas criaturas? El Termómetro no quiso averiguar. No le importaba si servía con sus injurias a un demonio benefactor o a un Dios castigado. De ser el más bajo de los liberales, un vil collapellejo, se convirtió en patiamarillo o intermediario, organizó una gavilla de pájaros y se dedicó a robar café para vendérselo a los jefes gamonales. Para defenderse del boleteo con que los conservadores amenazaban a los liberales ricos: lárgate o muérete, no te metas en nuestro territorio, el viejo blasfemo respondía con sus chunchullos y concos, protegidos a su vez por los grupos militares del ejército y la policía. Fue modesto. No creó un gran imperio. Pero vivió como un rey de allí en adelante, veneró la memoria de su hijo ingrato y todos los días le mentó la madre, con sabor, a Dios Nuestro Señor. No dejaron nunca de llamarlo como lo llamaban cuando era paciente, fervoroso y pobre.

Cuando llegó a la ciudad a refugiarse con su tío el partidario de Jorge Eliécer Gaitán, Pelayo, por andar mirando los edificios altos, se dio un tropezón en una atarjea y por poco se cae al hoyo. Se detuvo con la mano y sintió cómo otra mano le arrebataba con destreza el reloj pulsera que su padre asesinado le había heredado. Metió la mano en la boca del alcantarillado y agarró de las greñas a un niño, tratando de sacarlo a la fuerza de su escondrijo a la calle. Pero algo lo detuvo. Ahora lo recuerda como el momento más largo de su existencia. Agarrando del pelo al gamín de nueve o diez años, mirando al pozo sin fondo de las atarjeas de la ciudad, y luego a los ojos aún más profundos, negros, líquidos y suspirantes del gamín, pensó por un minuto que si soltaba al niño, lo dejaba caer en un subterráneo peor que los círculos del Dante, un río de aguas negras donde se acumulaban los desperdicios, una galería de basura que se puede recorrer a lo largo de noventa kilómetros sin luz. El niño agarrado del pelo por la mano fuerte de Pelayo era sólo uno de tres millones de ciudadanos que no tenían donde dejar su basura y la arrojaban a donde podían, a las quebradas y riachuelos donde los hijos se bebían la mierda de los padres. Pero todo venía a dar —imaginó Pelayo— a este río bajo tierra, donde habitaban ciento veinte millones de ratas, luchando ferozmente por un gramo de nutrición fecal, las ratas compitiendo con los niños, y los niños, con las moscas: bastaba un kilo de mierda para darles vida a setenta mil moscas. Pensó: podía arrojarlo de regreso a todo eso o podía sacarlo de allí, abrazarlo, llevarlo consigo, adoptarlo, educarlo... Miró los ojos plañideros del gamín, que eran como dos lagos en una llanura de cenizas, y se imaginó cuidándolo, cuidándolo, dependiendo de él, le vino esto a la cabeza, él va a depender primero de mí, pero el que va a acabar dependiendo soy yo de él; pensó esto con calma, sin miedo, era un hecho estadístico tan cierto como la existencia de treinta mil pepenadores en las tierras baldías de la ciudad: voy a depender de él porque no lo podré abandonar, me encariñaré, es lo de menos, lo de más es que ya no me veré a mí mismo sin este niño a mi lado, no seré nunca más yo mismo solo y libre con este niño que sin decir palabra me va a estar diciendo siempre ahora somos dos, tú y yo, sin mí ya no eres más que medio Pelayo, te has hecho cargo de mí y te has hecho cargo del mundo entero: ¿quería esto Pelayo?

179

Y sobre todo, ¿lo quería el niño? ¿Qué decían sus ojos? ¿Esa súplica líquida quería decir: sácame de aquí, llévame contigo, hazte responsable de mí, o quería decir lo contrario, déjame caer, quiero regresar a mi mazmorra, es lo único que tengo, es lo único que conozco, no me quites mi patria negra, déjame caer de vuelta...? Pelayo soltó al niño, que alcanzó a morderle salvajemente la muñeca y arrebatarle de nuevo el reloj. ¿Eran estos actos suficientes —se preguntó Pelayo, incorporándose poco a poco en el amanecer de la gris y verde ciudad capital— para demostrar que el niño prefería vivir bajo tierra, al azar? Pelayo era un hombre frío, el más razonador y frío de los cuatro guerrilleros. Admitió entonces, levantándose de la calle, que dejó caer al niño no por consideración a sus deseos, sino por temor a la responsabilidad que contraía. Luego trató de explicárselo, sin ceder a la anécdota, a su tío el viejo luchador. «Quiero serle fiel a usted, tío. Quiero proseguir donde usted se quedó. Le hemos dado demasiado crédito a la élite de este país. ¿Quién carajos dijo una vez que teníamos la élite más ilustrada de Latinoamérica, si no ha hecho más que sofocar el impulso reformista, como el de Jorge Eliécer, y condenar al país a la violencia? ¿Qué tal si los liberales y conservadores hubieran hecho a tiempo la reforma fiscal, la reforma agraria, la reforma urbana, todo lo que hace falta? No lo hicieron. No fueron intermediarios de los conflictos, y ahora nos los han dejado caer como un bulto de piedras y ropa vieja sobre la cabeza. Lo único que les ha importado es dominar la política alternando la presidencia y ordenándoles a los conflictos sociales: allí se pudran. Tío: yo voy a hacer la revolución porque ellos no quisieron hacer la reforma. Ni modo.» Buscó el asentimiento de su tío pero el viejo, la mirada perdida para siempre en el sitio donde cayó Jorge Eliécer Gaitán, no le dio a Pelayo la aprobación que el joven esperaba. ¿Por qué? ¿Qué más aguardaba? ¿Qué intuía? ¿Se olía el viejo diablo que esa mañana su sobrino había decidido casarse con la revolución, pero no tener hijos con ella? Al preguntarse esto, Pelayo se contestaba a sí mismo...

Y luego todas las demás razones por todos conocidas, la sucesión de acuerdos elitistas para dividirse el poder hasta la eternidad, la incapacidad para alzarse por encima de los intereses económicos e introducir reformas, el clientelismo resultante, la corrupción, la ineficiencia y a pesar de todo la inercia y la estabilidad desesperantes de la injusticia, los ciudadanos al margen, en la atarjea, en el basurero de la vida política. El gobierno era sólo un premio que la clase política se otorgaba a sí mismo, mediante el fraude, la mentira, la represión...

Por todos estos motivos se volvieron guerrilleros y se fueron al monte. Allí estaban. Ahora, ¿qué iban a hacer?

Pelayo pudo agarrar del pelo al gamín. En cambio Kike, el niño rapado, creció sin pelo. Mejor dicho, mientras no tuvo idea de quién era o qué cosa quería, dejó que su mamá lo rapara para protegerlo de la infección y llegar a la raíz de la gusanera en su cráneo. Pero cuando se mudaron a Medellín porque una prima de su mamá le consiguió a ésta trabajo de lavar ropa para ricos (que no existían en el pueblo de la costa), Kike decidió raparse él mismo la cabeza y convertir esto en su *trademark,* como Yul Brynner en las películas. Otros muchachos vestían uniforme, *jeans* y cola de caballo. Los chicos putos se ponían pelucas y tacones altos. El padre no encontraba trabajo de albañil en la ciudad y la madre se lo echaba en cara. ¿No veía todos esos edificios altos que se estaban construyendo con el dinero de la droga? ¿Cómo era eso de que no podía conseguir trabajo? A lo mejor, ¿no se esforzaba mucho o, de plano, no le interesaba conseguirlo? Ésta era la verdad. Si la esposa ganaba lavando más que él construyendo, ya era una ganancia: había más ingresos que en la costa, hasta una televisión que los patrones le dieron a la mamá de Kike. Ahora el padre podía pasarse el día viendo telenovelas. Y puede ser que las telenovelas decidieron, también, la vida del muchacho. Con su *trademark* de la cabeza rapada, empezó a juntarse en los cafés con otros chicos de doce a quince años. La conversación era siempre la misma. ¿Cómo salir de aquí? ¿Cómo hacerse ricos?

—Tú sabes que Pablo Escobar empezó aquí mismo, era como nosotros, empezó robando automóviles y míralo ahora.

—¿Qué se hace, compay?

—Jugársela, compay.

El más grandecito, un larguirucho con cara de caimán y melena grasienta, ponía por caso:

—Estamos sentados aquí en el café, digo yo, y matamos al primero que pasa. Sin conocerlo y de espaldas. Eso sí, si le ves la cara, no se vale. Tiene que ser el primero que pase, sin conocerlo y de espaldas.

Se preguntaban por sus edades. Nadie sabía qué edad tenía. Salvo Kike. Iba a cumplir trece. Otra marca de distinción que le inflamó el pecho.

A veces salía a recoger a su mamá y la acompañaba desde el barrio rico donde lavaba ropa hasta la barriada donde todos querían ser rey por un año. No le fuera a ocurrir nada. ¿Qué le iba a pasar? Algo. Nada. Quién sabe. Era una manera de quererla más. De adorarla. La casa donde trabajaba su mamá era una fortaleza llena de flores y céspedes, con perros policía y gente armada afuera y adentro. No lo dejaban pasar. Tenía que esperar a su madre en la calle. Hasta un día en que su madre salió acompañada de una muchacha de dieciocho años más o menos, elegante aunque feúcha, muy plana de pechos y de nalgatorio nada, y la madre lo señaló a Kike, como diciendo, ahí lo tiene, señorita, mi único hijo...

La siguiente vez, ya lo dejaron pasar a los jardines por instrucciones de la señorita. Era como entrar a un comercial de televisión. La flotilla de Mercedes alineados, la piscina, las cuadras de caballos, los grupos de tipos armados hasta los dientes, todos de zapato blanco... Y la próxima vez, la señorita pidió que lo llevaran adentro, a una salita donde ella miraba la televisión.

—Siéntate —le dijo a Kike—. Es mi telenovela favorita.

Kike sólo tenía ojos para la señorita. Por fea
que fuese, estaba cargada de oro. La vanidad del
muchacho dio un salto mortal. Pronto cayó de
bruces. La muchachita sacó una pistola de debajo
del sofá y dándose cuenta de que Kike sólo la miraba a ella y no a la pantalla, le contó lo que ocurría mientras acariciaba la pistola de una manera
que excitaba al rapado. Ni un pelo en la cabeza,
pensó y quiso que ella pensara, pero me vieras el
sexo... Ella no pensaba en esas cosas. Contaba
una telenovela en la que dos muchachas, una fea
y la otra bonita, se disputaban al mismo galán,
un brasileño melenudo que por lo visto nunca
usaba camisa, ni dentro ni fuera de casa, otro *trademark,* quería mostrar los músculos del pecho y
los brazos. Claro, el tarzán prefiere a la muchacha
bonita y la feúcha se retira a llorar sus penas hasta
que un día...

La señorita apagó de un golpe el televisor y
puso la pistola en manos de Kike.

La madre de Kike no hizo ninguna pregunta cuando descubrió la playera manchada de sangre de su hijo. Simplemente, la lavó y se la puso
sobre la cama. Él entendería que ella entendía.
También llegó un refrigerador a la casa el día siguiente.

Si ellos estaban jodidos, era porque sus papás
eran unos pobres pendejos. No como Pablo Escobar, el verraco más grande de todos. Pero Kike

se guardó bien su convicción de que todos los de la pandilla eran hijos de puta y sólo él hijo de una santa mujer, sacrificada y devota. Como los demás decían lo mismo, él no iba a contradecirlos.

—Mi madre es una santa. Mi padre es un pendejo.

—Oye, Kike, todo lo que hacemos no es por nosotros, es por nuestra mamacita.

—¿No has visto en la tele? Es como ver todo lo que quisiera uno darle a su mamacita. La lavadora, el coche, la tele misma.

—Un refri. Qué no daría mi mamá por un refri —dijo Kike.

—Al primero que pase. De espaldas y sin verle la cara. La vida es una mierda. Le haces un favor al que matas.

—¿Con qué los matas?

—Las pistolas te las dan los ricos para que los protejas, o para que elimines a alguien al que ellos quieren ver muerto, o la policía y el ejército si te vuelves pájaro, o los narcos si te emplean como sicario, pero hay que apurarse, Kike, a un menor de dieciséis años es fácil usarlo porque no pueden condenarlo en los tribunales, no nos queda mucho tiempo, tú ves, hay que irse como el carajo, pero al cabo, más vale ser el rey del barrio un año, aunque luego te maten.

—Ser el chacho un añito.

19

El aeropuerto de Santafé de Bogotá es una gigantesca tarántula roja posada sobre un tapete verde. Le habían dicho que no había terminal aéreo más seguro en el mundo. Dos controles en cada puerta. La prohibición estricta de portar armas. La aeronáutica civil y la policía lo controlan todo. A la entrada hay un cajón rojo para el depósito de armas. Se toma el número de cada una. Se le pide identidad a cada portador, así como el número del salvoconducto. Hay equipos infrarrojos para detectar metales. Es imposible introducir armas en el aeropuerto.

Hay patrullas permanentes en los sitios de expedición y recepción de equipajes, con perros adiestrados en olfatear drogas y explosivos. Hay «niñas» para revisar a las mujeres. Hay policía de menores, generalmente mujeres, para verificar quiénes son los menores que deambulan solos por los terminales.

A él le advirtieron que en las campañas políticas cada candidato contaba con una escolta previamente asignada para llevarlo hasta la entrada de pasajeros. De allí en adelante, sólo el jefe de seguridad lo acompañaría hasta el avión. Así como la propia escolta de seguridad del candidato.

A pesar de todo, Carlos Pizarro Leongómez tomó una decisión esa mañana.

En el camino desde Bogotá, respiró hondo y disfrutó la belleza de las grandes arboledas que como paraguas verdes cobijan a la capital, extendida entre montañas wagnerianas y sabanas verdes. Pero al llegar al aeropuerto, vio el color rojo herrumbroso del edificio y de allí en adelante el rojo se apoderó de su mirada, eran rojas las casetas telefónicas, las vallas de entrada, las antenas de televisión, los uniformes de los enjambres de maleteros, negros los techos. Los suelos de goma despedían un olor a caucho crudo.

Su decisión consistió en cambiar el vuelo previsto. Como en Colombia todo se hacía por aire, cada treinta minutos salía un avión. Decidió tomar el siguiente. Se bebió un cafecito y aprovechó el tiempo recordando cariños, los de sus padres, que tan solidarios se mostraron, al cabo, con su decisión vital de tomar las armas, los de sus hermanos, que sin necesidad, por puro amor hacia él, se unieron a su lucha y pasaron por él cárceles y torturas, la Brígida, que le dio una sola noche de amor pero tan intenso que viviría como un acto aislado, único, incomparable, para siempre, y en cambio la que le dio el amor permanente, cotidiano, el buen amor que dura hasta la muerte; y las muchachas, sonrió, las muchachas que se enamoraban de él en los bailes, las chicas pueblerinas que lo llamaban Comandante Papito. Bebió el café recordándolas a todas y pensando que de todo lo creado por Dios en el mundo no hay nada que se compare a una mujer bonita, es el misterio y la atracción más grande de todos, lo que no se parece a nada, pues por más que las mujeres sean tan humanas como cualquier hombre, tienen algo más, algo que nunca tendremos nosotros, una atracción hecha de belleza, peligro, tentación, ternura, formas irrepetibles, suavidad, fuerza, tacto, caricia, respiración, todo ello incomparable. No lo tiene ningún hombre. Y ninguna mujer, teniéndolo todo, lo repite nunca; la combinación es siempre distinta. Dio gracias, bebiéndose su café, de haber amado a las mujeres. No iba a tener un premio mejor por haber nacido. Lo repitió: ése era su premio. Nacer para amar a una mujer.

Sonrió y un hombre con gafete le dijo que todo estaba listo para abordar el avión.

Quiso pagar el café. El hombre del gafete le dijo que no, de ningún modo, él era el huésped del aeropuerto.

Subió al avión con torpeza, desacostumbrado a los movimientos propios del turista, como si escalara la montaña otra vez. Es cuando yo lo vi, tomando su lugar junto a la ventanilla, rodeado de guardaespaldas. Es cuando admiré su perfil, crucé miradas con sus ojos melancólicos, lejanos, tiernos, risueños, hundidos en cuencas sombreadas. Sonrió con su boca ancha y su bigote crespo; se pasó la mano por la cabellera cobriza, ensortijada, y, como yo, dirigió su mirada a esa pierna larga y esbelta de la guapísima señora que desatendía a sus hijos.

El muchacho se había dejado crecer el pelo para que no lo identificaran con el pelón sicario del barrio de Santa Fe. Tenía ahora una melena reunida en cola de caballo y amarrada con una liga. Vestía vaqueros y una sudadera sin inscripciones. Apenas se levantó el vuelo y se apagaron los anuncios de no fumar y abrochar cinturones, desabrochó el suyo y se levantó de su asiento en la última fila, pasillo, junto al baño.

Entró al baño, abrió un compartimento reservado para toallas de papel y extrajo las partes de la Ingram automática. Armó las piezas del arma, se cercioró de que las balas estaban bien puestas, se vio un instante en el espejo del baño, no se reconoció, abrió la puerta plegadiza, dio dos pasos y disparó contra Aquiles, directo a sus partes vulnerables, su cabeza, su cuello.

Cayó Aquiles, que hasta ese momento había vivido detenido del talón por los dioses.

Los guardaespaldas actuaron sólo entonces: inmóviles, sorprendidos hasta ese instante; cayeron sobre el sicario, lo golpearon, se escuchó un grito de la señora guapa, no lo maten, háganlo hablar, pero para entonces los guardaespaldas ya lo habían liquidado con un balazo en la sien.

Supe más tarde que Carlos Pizarro había cambiado su vuelo media hora antes de tomarlo. Me pregunté lo mismo que el mundo entero: si el asesinato estaba preparado para el vuelo anterior, ¿en qué momento le avisaron al sicario, quién y cómo pudo cambiar la Ingram automática de un avión al siguiente en tan poco tiempo?

Un vasto silencio cayó sobre estas preguntas. Nadie quiso o nadie pudo investigar. La familia decidió honrar la memoria del guerrero caído, el hijo pródigo. El gobierno decidió honrar la memoria del guerrillero honesto que cambió los fusiles por los votos. Algunas muchachas, que pegaron su foto a sus armarios, lloraron al Comandante Papito. Algunos publicistas dijeron: «Es el guerrillero muerto más guapo desde el Che Guevara». No sé si hicieron playeras con su efigie. A mí nuestros guerreros caídos —Zapata, Guevara, Pizarro— me recuerdan todos al bellísimo Cristo muerto pintado por Andrea Mantegna desde la perspectiva de sus pies heridos. ¿A dónde nos llevan nuestros pies, por qué nos llevan a donde ni nuestra cabeza ni nuestro corazón quieren llevarnos?

En el aeropuerto de Santafé de Bogotá hay más de doscientos cuerpos autorizados para entrar y expedir pases. A veces, hay allí más agentes de seguridad que pasajeros.

En el zapato del asesino encontraron un pedazo de papel que decía: «Recuerden que prometieron darle dos mil dólares a mi mamacita».

Índice